Cuando atrapas un tigre

GRANTRAVESÍA

TAE KELLER

Cuando atrapas un tigre

Traducción de
Juan Fernando Merino

GRANTRAVESÍA

CUANDO ATRAPAS UN TIGRE

Título original: *When You Trap a Tiger*

© 2020, Tae Keller

Publicado en Estados Unidos por Random House Children's Books, una división de Penguin Random House, LLC, New York.

Publicado según acuerdo con Greenhouse Literary Agency, a través de Rights People, London.

Traducción: Juan Fernando Merino

Ilustración de portada: © 2020, Jedit
Diseño de portada: Katrina Damkoehler

D.R. © 2021, Editorial Océano de México, S.A. de C.V.
Guillermo Barroso 17-5, Col. Industrial Las Armas
Tlalnepantla de Baz, 54080, Estado de México
www.oceano.mx
www.grantravesia.com

Primera edición: 2021

ISBN: 978-607-557-424-0

Para Halmoni:
Deseo un collar para ti

1

Puedo volverme invisible.

Es un súper poder, o al menos un poder secreto. Pero no es como en las películas y no soy una superhéroe, de modo que ni lo piensen. Los héroes son los protagonistas que realizan las grandes hazañas. Yo simplemente... desaparezco.

Verán, yo no sabía en un principio que poseía esa magia. Sólo sabía que los profesores olvidaban mi nombre, y que los otros niños no me invitaban a jugar. Y una vez, al final del cuarto grado, un chico de mi clase me miró con la cara arrugada y me dijo: *¿De dónde saliste? No me parece haberte visto aquí.*

Antes odiaba ser invisible. Pero ahora lo comprendo: es porque soy mágica.

Sam, mi hermana mayor, dice que no es un verdadero poder súper secreto: que simplemente se llama timidez. Pero Sam suele ser muy dura.

Y la verdad es que mi poder puede ser muy útil. Por ejemplo, cuando mamá y Sam pelean. Por ejemplo, en este preciso momento.

Me envuelvo en una capa de invisibilidad y apoyo mi frente contra la ventana del asiento trasero, observando las gotas de lluvia que se deslizan por el costado de nuestra vieja camioneta.

—Deberías detener el auto —le dice Sam a mamá.

Aunque de hecho se lo dice a su teléfono, porque no ha levantado los ojos. Está sentada en el asiento del acompañante con los pies apoyados en la guantera, las rodillas contra el pecho, el cuerpo entero enfocado en la pantalla del celular.

Mamá suelta un suspiro.

—Ay, por favor, no es necesario que paremos. No es más que una llovizna —dice. Pero aumenta un poco la velocidad de los limpiaparabrisas y hunde el freno hasta que empezamos a rodar a velocidad de lombriz.

La lluvia comenzó en cuanto entramos al Estado de Washington y, de hecho, arrecia en el momento en que nuestro auto pasa muy lento frente a una señal pintada a mano que anuncia BIENVENIDO A SUNBEAM.

Bienvenido al pueblo de la abuela, un pueblo de lluvia incesante, su nombre como una burla.

Sam chasquea sus labios pintados de negro. "K".

Eso es todo. Tan sólo una letra.

Pulsa una y otra vez la pantalla, enviando burbujas de palabras y emoticones a todos sus amigos en California.

Me pregunto qué dirá en esos mensajes. A veces, cuando me lo permito, imagino que me está escribiendo a mí.

—Sam, ¿al menos podrías tratar de tener una buena actitud? —mamá se ajusta las gafas con excesiva fuerza, como si acabaran de insultarla y se tratara de algo personal.

—¿Cómo puedes siquiera pedirme eso? —Sam levanta la vista de su celular, por fin, para lanzarle a mamá una mirada cargada de furia.

Así comienza siempre. Las peleas entre ellas son ruidosas y explosivas. Hasta que las dos terminan quemadas.

Es más seguro quedarme callada. Presiono la punta de mi dedo contra la ventana salpicada por la lluvia y trazo una línea entre las gotas, como si estuviera conectando los puntos. Los párpados me pesan. Estoy tan acostumbrada a las peleas que es casi como escuchar una canción de cuna.

—Pero, bueno, ¿te das cuenta de que básicamente eres la *peor* madre de todas, verdad? Y que esto no está nada, pero nada bien.

—Sam —dice mamá, todo su cuerpo rígido: la espalda tiesa, cada uno de sus músculos en tensión.

11

Contengo el aliento y pienso *invisibleinvisibleinvisible*.

—No, en serio —continúa Sam—. Tan sólo porque decides de buenas a primeras que quieres pasar más tiempo con Halmoni, no tenías por qué acabar con todo y obligarnos a cambiar de vida por completo. Yo tenía *planes* para este verano... Claro que eso a ti no te importa. Ni siquiera nos advertiste con tiempo que nos íbamos a mudar a casa de la abuela.

En eso tiene razón Sam. Mamá sólo nos dijo hace dos semanas que nos marchábamos de California, del todo. Yo también voy a extrañar nuestro lugar. Voy a echar de menos mi escuela, el sol y las playas de arena: tan diferentes de la costa de Sunbeam, llena de peñascos.

Pero estoy haciendo todo lo posible por no pensar en ello.

—Pensé que debían pasar más tiempo con la abuela. Pensé que era algo que disfrutaban —las palabras de mamá salen entrecortadas. La lluvia ha arreciado y eso le hace perder la concentración. Sus dedos aprietan con tanta fuerza el volante que se ponen pálidos. A ninguna de las tres nos gusta viajar en auto con este clima, menos aún desde la muerte de papá.

Centro toda mi atención en el volante y cierro los ojos un poquito, enviando vibraciones de protección con la mente, como me enseñó Halmoni.

—Vaya manera de esquivar el tema —dice Sam, tirando del único mechón blanco en su cabello negro. Todavía está enojada, pero ya con menos ímpetu—. Claro que me gusta pasar tiempo con Halmoni. Sólo que no aquí. No quiero estar aquí.

Halmoni siempre nos visitaba en California. No hemos estado en Sunbeam desde que yo tenía siete años.

Clavo la mirada en el parabrisas. El paisaje que pasa frente a nosotras es sereno. Casas de piedra gris, césped verde, restaurantes grises, bosque verde. Los colores de Sunbeam se mezclan unos con otros: gris, verde, gris, verde y luego naranja, negro.

Me enderezo un poco, tratando de encontrarle sentido a los nuevos colores.

Hay una criatura tendida en la carretera delante de nosotros.

Es un gato gigantesco, con la cabeza apoyada en las garras.

¡No! No es sólo un gato gigante. Es un *tigre*.

Cuando nos acercamos el tigre levanta la cabeza. Debe haber escapado de un circo o de un zoológico o algo así. Y debe estar herido. ¿Por qué otra razón estaría tirado aquí, en medio de la lluvia?

Una especie de miedo instintivo se retuerce en mi estómago y me siento mareada. Pero no importa. Si un animal está herido, tenemos que hacer algo.

—Mamá —digo, interrumpiendo su pelea con Sam e inclinándome hacia delante—. Me parece que... mmm... allí...

Ahora que estamos más cerca, veo que el tigre no parece herido. Bosteza, dejando al descubierto dientes afilados y demasiado blancos. Y luego se incorpora, una garra, una pata, una pierna a la vez.

—Chicas —dice mamá, con la voz tensa, cansada. Su molestia con Sam rara vez se extiende hasta mí, pero después de conducir durante ocho horas, ya no puede contenerse—. Ustedes dos. Por favor. Necesito concentrarme en la carretera por un rato.

Me muerdo el interior de la mejilla. Esto no tiene sentido. Mamá tiene que haber visto el gato gigante. Pero tal vez esté demasiado distraída con Sam.

—Mamá —murmuro, esperando que ella pise a fondo el freno. No lo hace.

A veces, el problema con mi invisibilidad es que tarda un poco en deshacerse. Lleva un poco de tiempo para que las personas me vean y me oigan y me *escuchen*.

Éste no es como ningún tigre que yo haya visto en un zoológico. Es enorme, tan grande como nuestro auto. El color naranja de su pelaje resplandece, y el negro es tan oscuro como una noche sin luna.

Este tigre pertenece a una de las historias de Halmoni.

Me inclino hacia delante hasta que el cinturón de seguridad me lastima la piel. Sam y mamá siguen discutiendo, por la razón que sea. Pero sus palabras se convierten en un zumbido lejano porque únicamente me concentro en...

El gato enorme levanta su enorme cabeza y me mira. Me *ve*.

El tigre alza una ceja, como si me desafiara a hacer algo.

Mi voz se atora en la garganta y las palabras se tropiezan unas con otras. Salen vacilantes.

—Mamá... para.

Mamá está ocupada hablando con Sam, de modo que grito más fuerte:

—PARA.

Finalmente mamá me presta atención. Con las cejas fruncidas, me mira por el espejo retrovisor.

—¿Lily? ¿Qué pasa?

No detiene el auto. Seguimos avanzando.

Más cerca...

Más cerca...

Y no puedo respirar porque estamos demasiado cerca del tigre.

Escucho un ruido sordo y cierro los ojos con fuerza. El interior de mi cabeza retumba como un martillo. Me zumban los oídos. Tuvimos que haber atropellado el tigre.

Pero seguimos avanzando.

Cuando abro los ojos, veo a Sam con los brazos cruzados sobre el pecho, el celular a sus pies.

—Murió —anuncia.

Mi pulso se siente como una bestia salvaje mientras examino la carretera, buscando los horrores que no quiero ver.

Nada.

Mamá aprieta la mandíbula.

—Sam, por favor, no tires tu teléfono caro al suelo.

Las miro fijamente, confundida. ¿Y si el ruido sordo fue sólo su celular al golpear el suelo?

Me doy la vuelta para buscar al tigre, pero lo único que veo es lluvia y carretera. El tigre desapareció.

—¿Lily? —dice mamá, reduciendo la velocidad un poco más—. ¿Te estás sintiendo indispuesta? ¿Necesitas que me detenga?

Reviso la carretera una vez más, pero nada.

—No, no te preocupes —le digo.

Sonríe, aliviada. No soy una persona difícil. Facilito las cosas.

—Aguanta un poquito más. Pronto estaremos en casa de Halmoni —me dice.

Asiento con la cabeza, tratando de actuar con normalidad. De actuar casualmente. Aunque mi corazón esté brincando desaforado, no puedo contarle a mamá sobre esto. Me preguntaría si estoy deshidratada, si tengo fiebre.

Y tal vez sí tengo fiebre. Presiono la palma de la mano contra la frente, pero no estoy segura. Supongo que es posible que me esté enfermando. O tal vez sólo me quedé dormida un momento.

De veras, no es posible que haya visto a un tigre gigante aparecer en medio de la carretera... y desaparecer así nada más.

Sacudo la cabeza. Ya sea que el tigre fuese real o que lo haya soñado o que me esté volviendo loca, necesito contarle a Halmoni. Ella me escuchará. Ella me ayudará.

Ella sabrá qué hacer.

Todas las historias de Halmoni comienzan de la misma manera, con la versión coreana de "érase una vez, hace mucho tiempo":

Hace mucho, mucho tiempo, cuando el tigre caminaba como un hombre…

En nuestra casa en California, en las semanas anteriores a las visitas de Halmoni, Sam y yo nos susurrábamos una a la otra esas palabras. Cada vez que yo las escuchaba, sentía un escalofrío.

Contábamos los días hasta la llegada de nuestra halmoni, hasta esa primera noche, cuando corríamos a la habitación de invitados y nos acurrucábamos en la cama con ella, una a cada lado, como un par de sujeta libros.

—Halmoni —le decía yo en un susurro—, ¿nos cuentas una historia?

Sonreía, atrayéndonos a sus brazos y a su imaginación.

—¿Cuál historia?

La respuesta era siempre la misma. Nuestra historia favorita.

—La de *Unya* —decía Sam. *Hermana mayor.*

—Y *Eggi* —agregaba yo—. *Hermana menor.* La historia del tigre.

Esa historia siempre se sentía especial, como si un secreto centelleara debajo de las palabras.

—Atrápenlo —nos decía, y entonces Sam y yo extendíamos las manos en el aire, apretando los puños como si estuviéramos agarrando las estrellas.

Es una de esas cosas de Halmoni, pretender que hay historias escondidas en las estrellas.

Esperaba unos instantes, dejando que los segundos se hincharan, y Sam y yo podíamos oír los latidos del corazón, ansiosas de que empezara la historia. Luego, la abuela tomaba un respiro hondo y nos contaba sobre el tigre.

El problema es que el tigre de sus historias era un depredador terrible y engañoso. Pero el tigre en la carretera no tenía ese aspecto. No creo que quisiera *comerme*, aunque sí creo que quería... *algo*.

No tengo tiempo de averiguarlo, porque ya pasó la zona de avistamiento de tigres y ahora atravesamos lentamente Sunbeam. Por fin llegamos a la casa de Halmoni. Es una cabaña pequeña, en las afueras del pueblo, en la cima de una colina, frente a la biblioteca, rodeada de bosques.

Mamá enfila el auto hacia el largo camino de entrada y avanzamos sobre la crujiente grava hasta llegar a lo alto.

Después de estacionar, apoya la cabeza en el volante y suelta un hondo suspiro; da la impresión que se fuera a quedar dormida allí mismo. Luego toma aire y se endereza.

—Bien —dice, enganchando su brazo alrededor del reposacabezas, girando para mirarnos a las dos a la vez. Se pone una sonrisa en el rostro, tratando de mostrarse alegre, de borrar todos los altercados y todo el estrés del viaje.

—Malas noticias: dejé los paraguas en California —sonríe, como si fuera algo muy gracioso, para echarse a reír a carcajadas—. Así que vamos a tener que hacer un *sprint* hasta la puerta de la casa.

Me quedo mirando la casa de Halmoni, asombrada. Es el tipo de lugar que simplemente parece mágico, encaramado en lo alto, con hiedra de color casi negro reptando a lo largo de las paredes de ladrillo descolorido, ventanas que parpadean con la luz y, por supuesto, para llegar a la puerta de entrada hay un millón de escaleras, poco más o menos.

Ni el menor parecido con nuestro apartamento en California, de color blanco vainilla, en un edificio nuevo. Con ascensor.

—¿Quieres que subamos corriendo todas esas escaleras en medio de la lluvia? —pregunta Sam, con un tono de espanto que uno podría pensar que mamá le pidió que se bañara en un pozo de baba de caracol. Mamá finge otra sonrisa.

—¿Qué importa un poquito de lluvia? ¿Cierto, Lily?

Mi respuesta sería sencilla: *Sí, cierto*. Quiero entrar en la casa y preguntarle a Halmoni sobre el tigre. Pero en nuestra familia no existen las preguntas sencillas. Esto es una trampa. Me está pidiendo que tome partido entre ella y Sam.

Me encojo de hombros.

Mamá no me deja escapar tan fácilmente.

—¿Cierto, Lily? —su sonrisa vacila, como si estuviera en peligro de hacerse añicos. Hay bolsas debajo de sus ojos y un profundo pliegue entre las cejas.

Éste no es el aspecto normal de mamá. Por lo general, es tan esmerada, todo en el lugar correcto, todo en orden.

—Cierto —digo.

Sam hace una mueca como si yo le acabara de propinar una patada.

—Muy bien, esto zanja el asunto —dice mamá con alivio, colocando una mano en la manija de la puerta—. En sus marcas, listas...

Abre la puerta de golpe, sale de un brinco, cierra de un portazo y echa a correr. De inmediato, queda empapada. No está subiendo nada rápido, pero está haciendo un gran esfuerzo: los puños que suben y bajan, los hombros encorvados, la cabeza inclinada hacia delante como si fuera un toro a punto de embestir la casa de su madre.

—¡Qué ridícula se ve! —dice Sam.

Y no es sólo un comentario malvado de Sam. Es la verdad.

Sin ninguna razón aparente, mamá está moviendo los brazos como un molinillo, y en ese momento me echo a reír. Luego Sam también ríe y entonces nos miramos. Por un instante somos hermanas, burlándonos de las vergüenzas que nos hace pasar mamá.

Quisiera tomar este instante y estirarlo hasta el infinito

Pero Sam se da media vuelta, levanta su celular y su cargador, y los mete entre el sostén para protegerlos.

—No queda más remedio que correr —dice.

Quisiera decirle *Quédate*, pero en lugar de ello asiento y salimos a toda prisa del auto.

Nunca, jamás, había sentido una lluvia como ésta. Es insistente y fría, demasiado fría para julio; todavía no hemos salido del camino de entrada de la casa de la abuela y ya mis zapatos están calados de agua y los jeans se sienten cada vez más pesados.

Sam suelta aullidos mientras corre, y yo también aúllo. Porque esto es divertido y al mismo tiempo terrible. Me arden los ojos por el agua y a duras penas puedo ver; el golpe helado de la lluvia alcanza hasta mis entrañas.

Para cuando llegamos a lo alto de las escaleras —jadeando, chorreando— he exprimido todo el aire de mis pulmones y mi corazón está a punto de estallar.

Mamá nos espera en la puerta de la casa, lo cual es muy amable de su parte, supongo, pero un poco extraño también, porque debería abrirla y entrar.

Sacude la cabeza y frunce el ceño.

—Halmoni no responde —dice—. No está aquí.

3

—¿Qué quieres decir con que no está aquí?
—susurro. Por un momento, siento pá-
nico: el tigre se la comió. Pero me digo que debo guardar la calma.

Mamá suspira.

—No lo sé. No lo sé.

No puedo decir si está preocupada o molesta; la
lluvia baja por sus ojos y sus labios, haciendo que sus
emociones se vean borrosas. Ojalá supiera cómo se
siente para así saber cómo debería sentirme yo.

Sam juguetea con el pomo de cobre de la puerta,
tratando de que gire. Pero aquella puerta tozuda permanece cerrada.

—¿Y...? —Sam mira fijamente a mamá, luego a
mí. Con su cabello liso y su espeso delineador de ojos
que baja en rayas negras por sus mejillas, parece un
tigre mojado—. Vamos a tener que esperar aquí. En la
lluvia. ¿Por un tiempo indeterminado?

Mamá se limpia las gafas con su camiseta empapada, lo que no es de mucha ayuda.

—No. No lo creo. Esperen un momento —levanta un dedo y enseguida corre hacia un costado de la casa.

—¿Adónde se fue? —le pregunto a Sam. Ahueco las manos sobre la cabeza, tratando de formar un techo protector, pero no sirve de nada—. ¿Y dónde está Halmoni?

Sam no responde. Alcanzamos a ver que mamá se detiene debajo de la ventana de la sala. Le da un golpecito a una esquina del panel, pasa las manos sobre el alféizar, luego un golpe más fuerte justo debajo del cristal.

—Bueno, esto es algo completamente normal —dice Sam, con la voz plena de sarcasmo.

Mamá abre la ventana de un empujón. Nos mira antes de izarse a sí misma y caer cabeza abajo dentro de la casa.

—¡Cielos! —digo en voz muy baja—. Nunca había visto a mamá hacer algo así.

Sam menea la cabeza.

—Cielos es la palabra correcta. Apuesto a que ella hacía esto todo el tiempo cuando era adolescente —me mira como si no pudiera decidir si fruncir el ceño o echarse a reír, y yo sé exactamente cómo se siente, porque imaginar a mamá como una adoles-

25

cente es ridículo, pero también da un poco de miedo. Es muy extraño pensar en mamá antes de que nosotras existiéramos.

Pero Sam sonríe y mi corazón se relaja.

—Probablemente se escapaba para ir de fiesta con sus amigos.

Asiento. Cuando Sam está contenta, su cara de luna se ilumina y de nuevo parece mi hermana. Me acerco un poco más a ella, pero sólo un poquito, para que no se dé cuenta.

Arruga la nariz y pregunta:

—¿Tú crees que se escapaba para encontrarse con chicos?

—No creo que haya salido con nadie antes de papá —no puedo imaginar a mamá con ningún otro hombre que no sea papá. O, la verdad, no puedo imaginarla con *nadie*, porque no me quedan recuerdos de mamá y papá juntos.

Me doy cuenta al instante de que fue un error decir eso, porque el brillo en el rostro de Sam se apaga en el acto. Aprieta la mandíbula y mira hacia otro lado.

—Qué ingenua eres —murmura.

Pensar en papá es diferente para Sam que para mí. Ella es lo suficientemente mayor para recordarlo. Sam tenía siete años cuando papá murió en un accidente de automóvil. Yo tenía sólo cuatro.

—Sam… —comienzo a decir, pero no sé cómo terminar la frase.

Antes yo podía hablar con ella. Podía contarle todo. Si esto hubiera sucedido hace un par de años, le habría dicho, ACABO DE VER UN TIGRE EN MEDIO DE LA CARRETERA. Se lo habría gritado porque ya no habría sido capaz de guardarlo sólo para mí.

—Acabo de ver… —lo intento de nuevo. Pero las cerraduras de la puerta me interrumpen desde el otro lado de la casa. Sueltan un cántico mientras mamá las hace girar, las desliza y abre.

—De prisa, de prisa —nos dice a Sam y a mí, como si fuera posible mojarnos más de lo que ya estamos.

Sam y yo entramos, dejando huellas de agua en el vestíbulo, charcos del tamaño de un lago sobre el piso de madera.

La casa de Halmoni parece un recuerdo. La sala y la cocina se aprietan alrededor de una mesa de comedor color púrpura y una chimenea que no funciona. Un viejo reloj de pared repite su tic tac en el rincón más alejado de la sala.

Sobre la repisa de la chimenea, dos leones de piedra abrazan una fotografía de mamá, invitando a que la riqueza entre en su vida. En el otro extremo, una rana cuida una foto en la que estamos Sam y yo, la rana encargada de proteger nuestra felicidad. Y por todas partes —en cestas colgadas del techo, posados

27

en la barra de la cocina, metidos en tazones— hay manojos de hierbas y varillas de incienso, para expulsar la mala energía.

Cuando aspiro con fuerza el olor de la casa, aquella fragancia a trigo negro, fideos, salvia y detergente de lavar ropa, siento un aroma a hogar.

Sam no está tan contenta. Cruza los brazos sobre el pecho y frunce el ceño.

—Mmm —dice—. ¿Y eso qué es?

Sigo la dirección de su mirada. Al otro lado de la sala se encuentran el dormitorio de Halmoni, el baño y dos escaleras: una que sube al dormitorio del ático y otra que baja al sótano. Pero ahora, frente a la puerta que da al sótano, apilados como una barricada, se interponen una torre de cofres coreanos tallados y un montón de cajas de cartón.

Mamá sacude la cabeza.

—Es muy extraño, ¿verdad? ¿Por qué habrá hecho eso? —se muerde la uña y pasea la mirada por el recinto. Por un segundo, alcanzo a detectar en sus ojos una mirada de preocupación.

Mi entusiasmo inicial se desvanece. Aquello es muy raro. Esas cosas no deberían estar allí. Y Halmoni no está en casa.

Algo frío y oscuro se asienta en mi estómago.

—¿Dónde está Halmoni? —pregunto.

Mamá me mira y me habla con suavidad.

—Ah, no te preocupes. Estoy segura de que simplemente está de compras o visitando a sus amigas. Ya sabes cómo es ella —su sonrisa es a la vez triste y esperanzadora—. ¿Te alegras de estar aquí, Lily?

Algo está pasando, algo que mamá no nos dice. Quisiera preguntarle de qué se trata, pero no quiero borrarle la sonrisa, de manera que asiento y guardo silencio.

Mamá está a punto de decir algo más, pero en ese momento un escalofrío me agarra por los hombros y me sacude.

Ella se da cuenta y pestañea un par de veces, como si acabara de acordarse de lo empapadas que estamos todas.

—Ah, claro. Voy a buscar ropa para cambiarnos.

Todas las maletas están en el auto, y ninguna de las tres quiere enfrentarse de nuevo a la lluvia, así que mamá recorre el pasillo y entra en la habitación de Halmoni.

Cuando sale, sus manos están llenas de toallas y camisones de seda, y Sam y yo tomamos los dos que están más arriba. El camisón naranja pálido reluce y entre mis manos cambia de tono como una puesta de sol. Hasta las pijamas de Halmoni son hermosas.

—Voy a subirle a la calefacción —dice mamá—. Espérenme aquí.

Pero por supuesto, Sam no espera. En cuanto mamá vuelve a entrar a la habitación de la abuela,

Sam esquiva cajas y muebles, y sube corriendo a nuestro dormitorio, dejando a su paso charcos de agua.

Salgo detrás de ella, pero me detengo. No quiero ser la Pequeña *Eggi* que sigue a su *unya* a todas partes. Pero al final, por supuesto, de todos modos sigo sus pasos.

Arriba, la habitación del ático es crujiente y acogedora, con un techo puntiagudo, un espejo de cuerpo entero con marco de madera y dos camas cubiertas por colchas descoloridas. Cuando Sam y yo vivimos aquí, juntábamos las camas y nos acurrucábamos juntas, intercambiando historias en medio de la oscuridad.

Ahora las camas están en lados opuestos de la habitación, separadas por la amplia ventana.

Sam tira al suelo la ropa mojada, se limpia en la toalla los restos de su maquillaje oscuro y se pone el camisón con lentejuelas negras que eligió. Luego se deja caer en su cama. El colchón la saluda con un gemido, y entonces extiende la mano detrás del marco de la cama para enchufar su celular antes de volverse hacia mí.

—¿Qué estás haciendo aquí? Se suponía que debías esperar abajo.

Sam siempre actúa como si las órdenes de mamá sólo aplicaran para mí, lo cual es molesto, pero ya estoy acostumbrada.

Suspiro y me seco con una toalla antes de ponerme mi propio camisón. La tela suave y cálida me produce un escalofrío que recorre toda la piel, liberando el frío instalado en mis huesos. Aspiro con fuerza, esperando encontrar el aroma a leche que siempre tiene Halmoni, pero sólo me llega un vago olor a jabón.

Sam frunce el ceño, todavía esperando a que yo salga de la habitación, pero en lugar de hacerlo me siento en mi cama.

—¿No te parece que este sitio se siente extraño? —le digo. Paso la mano por la colcha de la cama mientras hablo, teniendo cuidado de no mirarla a la cara—. Con Halmoni desaparecida y todas esas cosas bloqueando el sótano y la vibración del sitio. ¿Como si pasara algo malo?

—En primer lugar, Halmoni no está *desaparecida*. Simplemente está fuera de casa. No seas tan dramática. En segundo lugar, sí. La vibra es extraña. Pero la casa de Halmoni siempre se siente así —a un costado de Sam su celular se ilumina y comienza a cargarse, como si estuviera desperezándose al despertar de una siesta. Lo levanta y observa cómo empieza a iluminarse, y me presta atención sólo a medias—. ¿Te acuerdas de la última vez que nos mudamos aquí? —me pregunta.

—Más o menos —contesto. Después de la muerte de papá vivimos aquí durante tres años. Yo nací en

California, pero mis primeros recuerdos tomaron forma en esta casa.

Sam está examinado velozmente en su celular los remitentes de los mensajes, de manera que no espero que me responda, pero de repente suelta el aparato y levanta la mirada para hablarme.

—Al principio me gustaba estar aquí porque Halmoni nos cuidaba cuando estábamos tristes y ayudó a que mamá saliera adelante. Pero siempre estaba haciendo cosas raras sin explicarle nada a nadie. Halmoni está llena de secretos. Esta casa está llena de secretos.

Me muerdo el labio.

—¿Como cuáles?

Sam pone los ojos en blanco.

—No lo sé. Ése no es el punto. El punto es que estamos aquí en lugar de estar en California y odio este sitio. Odio estar aquí.

Las palabras de Sam son tan hirientes que me lastiman.

—No digas eso.

Tal como lo recuerdo, a Sam y a mí nos encantaba vivir aquí. Estábamos tristes por lo de papá, por supuesto, pero no todo era malo. Las dos nos contábamos historias en la habitación del ático, comíamos pasteles de arroz en la cocina, creábamos mundos imaginarios en el sótano. Estábamos *juntas*.

Quisiera preguntarle: *¿Te acuerdas?*

Pero ella sigue hablando.

—Simplemente no es justo, Lily. Mamá quería vivir cerca de Halmoni, lo cual está muy bien y todo lo que quieras, pero ni siquiera nos preguntó qué pensábamos nosotras. Ni siquiera tuvimos tiempo de despedirnos de la gente. ¿No estás al menos un *poquito* enfadada?

Para ser sincera sí estoy, quizás, un poquito enfadada. Pero también me siento contenta de estar aquí. Me aclaro la garganta. Respiro profundamente. Trago saliva.

—Creo que quizá... deberías ser un poco más amable con mamá —las palmas de mis manos empiezan a sudar. Estoy entrando en un terreno peligroso. Por lo general, no confronto a Sam. Somos hermanas, y se supone que las hermanas siempre están del mismo lado.

Sam pone los ojos en blanco.

—¿Lo dices en serio, Lily? No puedo creer que la estés defendiendo.

—Yo solamente... —empiezo a decir y me interrumpo. No puedo quitarme de la cabeza la expresión en el rostro de mamá. Cuando estaba abajo, buscando a Halmoni, parecía tan frágil. No como se supone que deben verse las mamás. No entiendo cómo Sam no se dio cuenta.

—¿Tú solamente qué? —pregunta Sam y me clava la mirada. Al ver que no contesto suelta un suspiro y dice—. Escúpelo de una vez, Lily. No tienes que ser tan misteriosa y tan calladita todo el tiempo. Te estás comportando como una CATYC.

CATYC es la palabra que usa Sam para Chica Asiática Tímida y Callada. Un estereotipo, claro. Sam se esfuerza tanto por no serlo que usa lápiz labial negro y se tiñe un mechón de cabello y dice en voz alta hasta el más pequeño pensamiento que le viene a la mente.

Le digo: *Solamente estoy tratando de ayudar.* Le pregunto: *¿No te das cuenta de lo mucho que mamá lo está intentando?* Le digo: *No sé por qué estás tan enojada conmigo.*

Pero en realidad no digo nada de eso. Las palabras se me atascan en la garganta. Sam está enojada todo el tiempo, y todo lo que yo digo la hace estallar.

Vuelve a poner los ojos en blanco.

—Da igual. Para ti siempre soy la mala de la película sólo porque digo lo que pienso. No deberías tener tanto miedo de mecer un poco el bote, ¿sabes?

Lo que Sam no se da cuenta es que ya está zarandeando el bote. Si lo hago yo también, se va a volcar. Nos ahogaríamos todas.

Escucho la lluvia que golpea sobre el techo, y paso una mano por la colcha.

—Deberías estar contenta. Te gusta estar con Halmoni —le digo. Al menos creo que eso es verdad. A Sam ya no parece gustarle nada. Excepto su celular, quizá.

Se encoge de hombros.

—Ése no es el punto. El punto es: ¿voy a tener que vivir aquí, sin ningún amigo, sólo con mi madre y mi abuela? Es demasiado.

—Y con tu hermana —le digo, en voz tan baja que a duras penas puedo escucharme a mí misma. Tan tímida como una CATYC—. Yo también estoy aquí.

Sam tiene lista una respuesta hiriente, me doy cuenta. Pero mis palabras la detienen. Sus hombros se relajan.

—Sí —dice.

Es sólo una palabra muy pequeña, pero la pronuncia con delicadeza y entonces mi corazón se despeja y una calidez se extiende por todo mi cuerpo, hasta llegar a los dedos de los pies y las yemas de los dedos de las manos.

—Sí —respondo. En ese momento casi me parece que podría contarle a mi hermana sobre el sueño-espejismo-espíritu del tigre.

Pero en ese instante, en la planta baja, la puerta se abre de golpe. Halmoni está en casa.

4

Halmoni abre de sopetón la puerta principal y grita:
—¡Hola, mis niñas! ¡Mis niñas han venido a visitarme!

Su voz asciende hasta nuestro dormitorio, y yo bajo corriendo para verla; con cada paso, mis pies retumban sobre las viejas y ruidosas escaleras.

La abuela está más delgada que la última vez que la vi. Su colorida túnica de seda y sus pantalones blancos se ven más sueltos que de costumbre. Su collar de perla descansa en la hendidura en forma de U entre sus clavículas, más honda que antes.

Pero sigue siendo tan glamorosa como siempre, con sus labios de un rojo brillante, su cabello con permanente y teñido del más negro de los negros. En los brazos lleva cuatro grandes bolsas de compra, llenas hasta rebosar.

Mamá ya está en la puerta, vestida con el pijama de Halmoni y la saluda con preguntas:

—¿Por qué no estabas aquí? ¿Por qué no contestabas tu celular? ¿Recuerdas que te dije que estaríamos aquí a las seis? ¡Tuvimos que quedarnos afuera! ¿Y por qué compraste tanta comida? ¡Es demasiada comida!

Halmoni se echa a reír.

—¡Ay, hija mía… qué entrometida eres! —dice antes de depositar las bolsas y su cartera imitación Louis Vuitton en manos de mamá, como si fuese su mayordomo.

Mamá hace un gesto de contrariedad, pero antes de que pueda protestar, Halmoni me ve y abre los brazos para envolverme entre ellos.

—¡Lily Bean! —dice. Todo su rostro se ilumina y yo ni siquiera sabía que alguien pudiera sentirse tan feliz por algo. Corro por el pasillo y me deslizo entre sus brazos absorbiendo su amor.

—Ten cuidado —me dice mamá. Coloca las bolsas de Halmoni sobre la mesa de la cocina y se cruza de brazos—. No vayas a tumbar a tu abuela.

Halmoni me envuelve con fuerza y reprende a mamá por encima de mi cabeza.

—No hablar, jovencita. Al menos, Lily sí me ama.

Mamá suspira.

—Por supuesto que te amo. Por eso estamos aquí.

Halmoni ignora sus palabras. Coloca las manos sobre mis hombros y se inclina hacia atrás para poder mirarme bien, sonriendo cuando repara en que tengo puesto su camisón.

—¡Ah, qué cosita! Tú ser una pequeña mini-mí. ¡Tan linda! ¡Tan resplandeciente!

Río.

—¿Resplandeciente? —Sam fue la que eligió el camisón de lentejuelas, no yo.

—Igual que sol —dice Halmoni, guiñando un ojo. Ella es la única persona en el mundo con quien nunca funciona mi invisibilidad. Siempre puede ver directamente mi corazón.

—Halmoni —le digo, y mi pulso se acelera al pensar en el tigre—. Tengo que decirte algo.

Pero en ese momento aparece Sam, que baja tratando de no hacer ruido por la crujiente escalera y se detiene en la puerta de la cocina.

—Y mi luna —dice Halmoni, acercándose a Sam para abrazarla.

Sam se pone rígida cuando Halmoni la envuelve entre sus brazos, pero después de un momento se relaja, se inclina hacia la abuela, inhala su fragancia. Nadie puede resistirse a Halmoni. Es como la gravedad.

Halmoni retrocede y pasa sus dedos por el mechón blanco de Sam.

—Qué lindo el tu cabello —dice.

—No, por favor, no la animes a hacer eso —le pide mamá—. No es natural.

Sam le clava la mirada a mamá, mientras Halmoni juguetea entre sus dedos con el mechón de cabello.

—Es de familia nuestra. Tuve así cuando pequeñita—dice, guiñándonos el ojo a Sam y a mí.

La voz de mamá es ahora tensa.

—Un mechón teñido no es un rasgo genético.

Halmoni ni siquiera la mira.

—Y *tanto* a la moda. Sam parecer una estrella de rock.

Sam sonríe. Mamá respira hondo.

Detesta el mechón blanco, pero Sam se niega a hacer cualquier cosa al respecto. Afirma que no es su culpa, que el mechón crece de ese color de manera natural.

La historia de nunca acabar.

Halmoni se vuelve hacia mamá y frunce el ceño.

—¿Por qué pelo de chicas tan mojado?

Mamá se aclara la garganta mientras pone a un lado los comestibles de Halmoni.

—Como estaba diciéndote, tienen el cabello mojado porque tuvimos que esperar afuera bajo la lluvia. Habría sido muy amable de tu parte *estar aquí* cuando dijiste que ibas a estar. Tuve que recurrir al viejo truco de la ventana y colarme… ¡delante de mis hijas!

—Siempre por las ventanas —Halmoni nos mira a Sam y a mí y chasquea la lengua—. Ella sale, ella entra, sale, entra. Incluso ventana del ático, por allí sale. La madre de ustedes muy buena para escapar. Tanto problema.

Mamá balbucea, intenta decir algo, mientras Sam y yo intercambiamos una mirada. No tengo idea de cómo mamá podía escaparse por la ventana del ático —es imposiblemente alta—, pero Halmoni siempre está contando exageraciones como ésta, y es divertido imaginar a mamá escabulléndose desde ese lugar.

Sam reprime una sonrisa y yo me trago una carcajada.

—Y en realidad, ya no deberías estar conduciendo el auto—le dice mamá—. Mucho menos si está lloviendo. Si necesitabas comprar comestibles, deberías haber esperado a que yo llegara. Es preciso que tengas cuidado. Es preciso que...

—*Tsst* —sisea Halmoni, levantando un dedo. Sam y yo solíamos ver un programa de televisión sobre un adiestrador de perros que para domesticar perros usaba un sonido de siseo enojado. Éste es el mismo sonido.

Mamá aprieta la mandíbula e intenta otra línea de cuestionamiento.

—¿Y todas esas cosas amontonadas? ¿Por qué estás viviendo así? —con un gesto señala la pila de cajas y muebles frente a la puerta del sótano.

Halmoni encoge un hombro.

—Inundación del sótano, entonces las cosas hay que subir.

Sam alza una ceja.

—¿Subiste todo eso tú sola?

Halmoni se vuelve hacia Sam y le guiña un ojo, lo cual es típico de ella. No siente la necesidad de responder preguntas, lo cual a mí no me molesta.

A mamá, por el contrario, sí que le molesta.

—No, en serio. ¿Subiste *sola* todas esas cosas por las escaleras? Sabes bien que podrías lastimarte. Tú… —mamá hace una pausa—. ¿Y dónde se supone que voy a dormir yo?

Cuando vivimos aquí, mamá dormía en el sótano, embutida entre todas las cosas de Halmoni.

—Tú dormir en sala, en el sofá —responde Halmoni, como si esto no tuviera importancia alguna.

Supongo que mamá va a objetar algo, pero en lugar de ello camina hasta donde están las cajas.

—De acuerdo, bueno, al menos déjame mover estas cosas. Podemos apartarlas de la puerta del sótano, y así puedo bajar a inspeccionar los daños por las inundaciones. Sam, ¿me ayudas?

Sam se queda mirándola con cara de palo.

Mamá suelta un suspiro.

—¿Lily?

Empiezo a acercarme, pero Halmoni me agarra de la muñeca y me jala hacia atrás.

—No, no. No moverlas.

Mamá parpadea.

—Están estorbando el camino.

Halmoni agita los brazos frente a ella, como si estuviera protegiéndose de la interferencia de mamá.

—No, no. Hoy no un día *auspicioso*. Cuando yo sacar cajas de abajo, un día de suerte. Pero hoy es día peligroso para espíritus. Las movemos otro día.

Un día peligroso para los espíritus. Trago saliva. Tengo que hablar a solas con Halmoni para preguntarle sobre posibles espíritus de tigre.

—Mover cosas en días de mala suerte... *muy* peligroso. Y romper cosas... —Halmoni cierra los ojos y se estremece, como si ni siquiera fuese capaz de imaginarlo—. Si *romper* algo, ay, eso es muy, muy malo.

La expresión de mamá es como si literalmente estuviera a punto de jalarse el cabello.

Sam levanta las cejas como diciendo, *Lo mismo de siempre*, y retrocede en el pasillo.

Éste no es un desacuerdo nuevo. Mamá siempre se irrita con las tradiciones de Halmoni. Aprieta los dientes y dice:

—Eso es ridículo. Qué cosas se...

Pero Halmoni señala a mamá con el dedo, interrumpiéndola.

—Tú no eres aquí la madre. Yo soy la madre. Tú no haciendo más preguntas. Ve cambiarte de ropa. ¿Por qué tú en pijama, por cierto?

Mamá abre los labios para empezar a defenderse, pero Halmoni palmotea exigiendo atención.

—Voy a servir cena ahora. Con ayuda de Lily.

Yo no me había ofrecido como voluntaria, pero Halmoni tiene una manera de crear su propia realidad. De todos modos, no me importa ayudar.

La sigo hasta la barra de la cocina y mamá se da por vencida con lo de las cajas. Agarra el impermeable de Halmoni y sale de la casa para traer las maletas del auto.

Desde la puerta, Sam me mira, carraspea y yo le devuelvo la mirada. Vacila un momento, como si estuviera esperando algo, y entonces le indico sin palabras, *No te preocupes. Vete arriba.*

Me siento mal por decirle que se vaya, pero a ella no le gusta cocinar, poner la mesa o, de hecho, ninguna de las tareas del hogar; además, necesito estar a solas con Halmoni.

Sam frunce el ceño y se marcha, rezongando algo sobre sus amigos en California mientras se dirige a la habitación del ático.

Una vez que se ha ido, le digo a la abuela en un susurro:

—Halmoni, pasó algo.

Me acomoda un mechón de cabello detrás de la oreja y me da un beso en la frente.

—Sí, pequeña, voy escuchar eso, pero primero, hora del *kosa.*

—Sí, pero…

—No, no, esto primero —caminando de un lado a otro de la cocina, saca cuencos y cestas de los armarios y los coloca frente a mí.

No recuerdo la primera vez que me enseñó cómo hacer un *kosa*. Es simplemente algo que siempre hemos hecho juntas. Colocamos comida para los espíritus y los antepasados, y dejamos que ellos disfruten antes que nosotros. *Para los que marchar antes de nosotros*, dice siempre Halmoni.

Cuando era más pequeña, yo solía pretender que papá vendría por el *kosa*, para comer con nosotras. Una vez cometí el error de contarle a Sam que la comida era para él.

Retorció el rostro en cuanto lo dije y escupió con enfado, *Él está muerto. Esto no es un juego.*

Desde ese día, nunca le volvió a gustar el *kosa*.

Después de que Halmoni calienta un plato de tortas de arroz con frijoles rojos, me los entrega y los dispongo en una canasta de bambú, de la manera en que ella me enseñó. Con cuidado, con amor. Las tortas me calientan los dedos.

—Esto muy importante hacer en días en que hay gran cambio —me dice Halmoni mientras vierte vino en pequeños tazones de cerámica—. Cuando llegar personas. Cuando salir personas. Esto hacemos para tener felices a los espíritus.

Se inclina tan cerca de mí, que su aliento me hace cosquillas en la oreja.

—Cuándo espíritus tener hambre... casi tan aterrador como cuando tu madre tener hambre.

Sonrío.

—¿Y cuándo Sam tiene hambre?

Los ojos ajados de Halmoni se agrandan.

—Eso es más aterrador de todo.

Me río a costa de Sam, aunque me siento un poco culpable. Luego, coloco calamares secos y anchoas en un plato pequeño. Halmoni prepara la comida y yo escucho las melodías del *kosa*.

Halmoni tararea una canción que no conozco, probablemente una canción de cuna coreana, y la casa parece cantar con ella. Los armarios susurran cuando ella los abre y cierra, y el agua silba mientras lava las verduras.

Lo que ocurre con el *kosa*, lo que ocurre con todas las creencias y rituales de Halmoni, es que se trata de algo que siempre he dado por sentado. Tienen sentido para Halmoni, y con eso me basta. Su magia nunca necesitó una explicación. Pero ahora, con la aparición del tigre, me parece importante entender el significado.

—Vi algo en la carretera —le digo.

—¿Qué cosa ver? —pregunta mientras rebana un pepino.

Trago saliva.

—Mmm, creo que podría haber visto uno de los... de los espíritus hambrientos.

Deja el cuchillo sobre la mesa y se vuelve hacia mí. Sus ojos brillan con intensidad.

—¿Qué estás diciendo, Lily? ¿Qué cosa ver?

De repente, me siento nerviosa.

—No sé... supongo que podría haber sido un sueño...

Halmoni se inclina más cerca de mí.

—Sueños muy importantes, Lily. ¿Qué cosa ver en sueño?

Mamá solía decirme que no le diera alas a la abuela con sus historias. Por su parte, Sam me reprochaba que me estaba comportando de forma extraña. Pero con Halmoni, estoy a salvo de ser juzgada.

—Un tigre —digo.

—¿Qué estaba haciendo tigre? —pregunta Halmoni entre dientes.

Sé que no está molesta conmigo, pero esto es algo que le molesta, y no puedo evitar la idea de que he dicho algo incorrecto.

—Mmm, tan sólo... estaba allí quieto. Luego desapareció —una ola de pánico total y abrumador me invade, y pregunto en un susurro—: ¿Me estoy volviendo loca?

Halmoni envuelve los dedos alrededor de su pendiente y se inclina para que su cara quede casi pegada a la mía, tanto que puedo sentir el olor a leche de su aliento.

—Lily, loca no ser una buena palabra. No un buen pensamiento. Tú viendo la verdad porque eres especial, y eso no te hace loca, ¿de acuerdo?

Asiento, sin saber qué pensar. El tigre parecía real, pero no es posible que lo fuera. ¿Y qué se puede hacer con las cosas que se *sienten* reales pero no lo son, al menos no del todo?

—Tu mamá no creer en nada de esto. Su mundo es pequeño. Pero tú sabes: el mundo es más grande de lo que nosotros ver —Halmoni presiona la palma de su mano contra mi mejilla—. Pero ten cuidado y quédate lejos de tigres. Tigres muy malos.

—Lo sé. Me mantendré alejada. Los tigres comen personas y hacen cosas malas. Era sólo un…

Sacude la cabeza.

—No confiando en ellos, ¿de acuerdo? Ellos engañosos, pero tú no escuchas sus mentiras. ¿Recordar eso?

—Sí, recuerdo tus historias.

—Sí, sí, historias. Pero tal vez… —da un paso atrás e inclina la cabeza, como si estuviera tratando de tomar una decisión. Hay algo en su tono que suena distinto, no como la Halmoni que conozco—. Tal vez hay más historias que las que les he contado.

Alejo los platos y el tablón que tengo frente a mí y me subo al mostrador de la cocina, de modo que quedo sentada frente a ella, lista para escuchar. No puedo recordar la última vez que nos contó una historia nueva.

—¿Cómo cuáles? —le pregunto intrigada.

—Los tigres buscándome —dice, y me pasa una mano por el brazo, sumergida en sus pensamientos—. Robé algo que pertenece a ellos, hace mucho, mucho tiempo, cuando tan pequeña como tú, y ahora lo quieren de vuelta.

—Espera un momento, ¿cómo? ¿Esta historia es acerca de ti?

—Esta historia verdadera. Tigres verdaderos.

Me echo un poco hacia atrás. Nunca antes nos había contado una historia sobre sí misma, y robar a los tigres no tiene sentido. Ayer probablemente no habría creído sus palabras. Podría haber pensado que se estaba inventando esto, porque por supuesto no puede ser real.

Al igual que no puede ser real un tigre que desaparece.

Sin embargo…

Aprieto una de mis trenzas.

—¿Qué les robaste?

Si esta historia es real, tal vez el tigre también lo sea. Y tal vez ésa es la razón por la que apareció. Pero ¿qué podría ser tan importante como para que los tigres la buscaran por todo el mundo? ¿Y cómo se sentirá robar a los tigres, hacer algo tan poderoso y tan peligroso?

Halmoni frunce el ceño.

—No importante, pequeña. No es cosa segura preguntar demasiado.

—Pero...

En ese instante, de nuevo la puerta se abre y mamá entra a la cocina, jadeando y resoplando, y deja caer dos maletas en el piso.

—Ningún pero, pero, pero —me responde Halmoni—. Sobre eso no se habla.

Mamá se acomoda las gafas y recupera el aliento.

—¿Sobre qué no se habla?

Halmoni me mira con ojos de que guarde silencio y entonces no digo nada.

Mamá abre y cierra los ojos.

—¿Alguna de las dos quiere decírmelo?

Halmoni contesta, con una voz demasiado dulce e inocente:

—No, yo paso.

Mamá ladea la cabeza.

—Tú... ¿pasas? ¿Pasas de qué? ¿Pasas de decírmelo?

Halmoni sonríe y asiente.

—Paso.

Mamá nos mira por turnos a Halmoni y a mí un par de veces, y entonces me encojo de hombros para indicar que no sé nada.

Parece que mamá quisiera hacernos más preguntas, pero se limita a soltar un hondo suspiro.

—Está bien, bueno, iré a traer el resto de nuestras cosas. Lily, no te debes sentar sobre la barra de la cocina —dice antes de dirigirse de nuevo escaleras abajo.

Me deslizo para bajarme de la barra, pero en cuanto mamá se marcha, me vuelvo hacia Halmoni.

—¿Qué cosa te llevaste? ¿Y por qué? ¿Y qué pasó después?

Halmoni me entrega una pila de platos.

—Suficiente del tema. Pones la mesa ahora. *Kosa* ayuda a ti a mantenerte a salvo. Hacer que tigres permanezcan lejos —me da la espalda para terminar de picar las verduras.

Normalmente, cuando preparamos el *kosa*, la abuela me permite que pruebe algo antes de servir, al tiempo que me guiña el ojo y susurra: *Comer rápido, para que espíritus no se den cuenta.*

Pero esta noche el ambiente es distinto. No me ofrece nada de comer y yo no le pido nada. Hago lo que me indica y dispongo la mesa, pensando en tigres y ladrones y en las historias de Halmoni.

Porque Halmoni siempre nos había contado historias de cosas imposibles, y ahora me pregunto: ¿Y si fueran posibles?

5

Déjenme contarles una historia. La historia. La historia del tigre. En caso de que se estén preguntando. En caso de que estén sentados, esperando, deseando escucharla.

* * *

Hace mucho, mucho tiempo, cuando el tigre caminaba como un hombre, dos niñas vivían con su halmoni en una pequeña cabaña cubierta de enredaderas, en las afueras del pueblo, en la cima de una colina. Las niñas eran hermanas, con largas trenzas negras, y lo compartían todo, incluyendo el gusto por los pasteles de arroz.

Un día, la halmoni fue al pueblo a comprar pasteles de arroz para sus nietas, pero un tigre la detuvo cuando volvía a casa. Salió de la nada, como si hubiera saltado del cielo. Y se paró justo frente a ella, bloqueando el camino.

Tú tienes algo que yo quiero, dijo el tigre.

Ahora bien, cuando un tigre quiere algo que tú tienes, es muy difícil de escapar. ¿Lo mejor que puedes hacer? Correr. No hables con el tigre. Y definitivamente no lo escuches.

Así que la halmoni le arrojó los pasteles de arroz para distraerlo, y mientras el tigre se los tragaba enteros, ella salió corriendo.

¡Delicioso!, gritó el tigre. Pero si le das un pastel de arroz a un tigre, va a querer algo para acompañarlo. ¡Más!, gritó.

Halmoni no llegó muy lejos. El tigre la alcanzó y brincó frente a ella. Pero Halmoni se había quedado sin golosinas, así que el tigre la engulló a ella, se la tragó entera como si fuera un pastel de arroz. La única cosa que quedó fue su pañoleta, que flotó lentamente hasta caer al suelo.

No obstante, el tigre quería más. No estaba satisfecho, los tigres nunca lo están, pero era astuto.

Tomó la pañoleta de Halmoni y cuando llegó hasta la pequeña cabaña algunos días después, la usó como disfraz.

Mientras llamaba a la puerta, dijo el tigre: Niñas, soy su halmoni. Estoy aquí afuera bajo la lluvia y tengo frío. Ábranme la puerta. *Pasó sus garras sobre las paredes de la casa.*

Skritch, skritch, skritch.

Las pequeñas sabían que allí había algo raro. Las uñas de su halmoni nunca habían sido tan largas y nunca habían estado tan sucias. Halmoni siempre se esmeraba en el cuidado de sus uñas.

Pero las chicas echaban mucho de menos a su halmoni.

El tigre dijo: Niñas, tengo pasteles de arroz para darles. Regalitos para Unya y para Eggi.

La hermana pequeña tenía muchos deseos de ver a su halmoni. Y el tigre se dirigió a ella, Confía en mí, Pequeña Eggi. Confía.

De modo que la hermana pequeña corrió hacia la puerta de entrada y la abrió.

Eggi contuvo la respiración, a la espera. Y el tigre rugió.

He aquí una lección: nunca confíes en un tigre.

Eggi rápidamente se dio cuenta de que el tigre no era su halmoni. (Su halmoni no era nada propensa a rugir).

Así que las chicas corrieron y el tigre las persiguió a través de desiertos y océanos, montañas repletas de nieve y bosques muy lluviosos. Corrieron y corrieron hasta que la tierra simplemente se acabó. Un profundo pozo de nada se extendía frente a ellas: fin del mundo, final de la historia.

Se acabó todo, *gritó Unya.*

El tigre se acercó a ellas. ¡Tenía tanta hambre!

¡Auxilio!, *pensó Eggi. Cerró los ojos y le suplicó al dios del cielo:* ¡Sálvanos! Por favor, por favor, por favor.

Para su sorpresa, el dios del cielo le habló. Mmmm, *dijo.* Bien, de acuerdo. Pero a cambio cuéntame una historia.

Ni siquiera los dioses del cielo pueden resistirse a una historia.

Así que Eggi y Unya pensaron rápido y le contaron una historia.

No creo que te sorprenda escuchar que el dios del cielo salvó a las niñas. Historias como éstas tienen un final feliz. Justo en el instante en que el tigre dio un brinco para tragárselas, una soga mágica cayó de un extremo del cielo y una escalera mágica del otro extremo.

Unya agarró la soga y Eggi asió la escalera, y las dos subieron… más y más arriba, hasta que por fin se encontraron a salvo en el reino del cielo.

Allí, el dios del cielo les dijo que podían quedarse con él para siempre, pero debían tener un trabajo. ¿Vivir en el reino del cielo? Eso es costoso.

Entonces, la hermana mayor se convirtió en el sol, y la hermana menor se convirtió en la luna.

Unya estaba feliz, pero Eggi lloraba. Todo el mundo estaba siempre mirando fijamente la luna, y eso no le gustaba. Quería esconderse.

Entonces, la hermana mayor se ofreció a que cambiaran de trabajos. No te preocupes. Tú puedes entonces ser el sol. Nadie puede mirar fijamente al sol.

¡Problema resuelto! Volvieron a ser felices y se ubicaron en sus respectivos lugares, en extremos opuestos del cielo, a salvo para siempre.

¿Y el tigre? Seguía allá abajo en la tierra, pidiendo que lo dejaran subir. Pero el dios del cielo no le prestaba atención. No quería escuchar la historia de un tigre, de modo que el tigre quedó proscrito del cielo.

* * *

Cuando yo era pequeña, cuando Halmoni nos contaba esta historia año tras año, siempre me sentía satisfecha con el final. Nunca me preguntaba acerca del tigre.

Nunca se me ocurrió preguntar: ¿Cuál era la historia del tigre?

Nunca se me ocurrió pensar: ¿Qué pasaría si el tigre regresara?

6

Me despierto sudando. Sábanas retorcidas, almohada húmeda, la cama crujiente. Mi estómago gruñe y me doy cuenta de que estoy desesperadamente hambrienta por un kimchi de medianoche, así que desenredo mis mantas y me deslizo fuera de la cama. Mientras atravieso de puntillas la habitación, y paso junto a la cama de mi hermana, les ruego a los ruidosos tablones del piso que guarden silencio. No me hacen caso. Se quejan bajo mis pies.

Sin embargo, Sam sigue inmóvil.

Salgo del cuarto y bajo las escaleras, agarrando la barandilla, aguzando los ojos en la oscuridad, tratando de ver algo entre las sombras.

Hay algo extraño en esas sombras.

Parecen danzar y doblarse frente a mí, como si fuesen proyectadas por algo que no alcanzo a ver.

Me froto los ojos y me sacudo el sueño de la cabeza, y las sombras vuelven a la normalidad. Llego lentamente al pie de las escaleras, dejo atrás la habitación de Halmoni, dejo atrás a mamá, que duerme en el sofá.

Camino de puntillas hacia la cocina...

Y me detengo de repente.

Las cajas que estaban apretadas contra la puerta del sótano han sido empujadas a un lado, dejando un camino despejado.

Sé que mamá quería mover las cajas, pero no pensé que le importara lo suficiente como para moverlas y hacer enojar a Halmoni. Y de todas formas, lo que mamá quería hacer era mover las cajas hasta la pared, no sólo desplazarlas unos centímetros al costado.

Todavía más extraño: la puerta está entreabierta.

Un peso invisible presiona mi pecho, dificultándome la respiración.

Afuera, las ramas de los árboles se mueven con el viento, rasguñando las ventanas, y la puerta del sótano parece mecerse hacia delante y hacia atrás, tan sólo un poco.

Me acerco sigilosamente a la puerta.

No me entiendan mal: he visto películas de terror. Sam y yo solíamos verlas juntas, y aunque yo pasaba todo el tiempo con la cabeza enterrada en su hombro, conozco las reglas:

1. No entrar en el sótano.

2. Y definitivamente, no entrar *sola*.

Pero esto es diferente. Éste no es uno de aquellos sótanos aterradores.

Sam y yo pasábamos mucho tiempo jugando en este sótano cada vez que mamá salía de casa. Actuábamos las historias que Halmoni nos contaba e inventábamos nuestros propios cuentos de hadas. Con todas esas cosas viejas que tiene Halmoni, siempre había algo nuevo por descubrir.

Ese sótano era mi lugar favorito.

Y ahora, me está llamando. Está tirando de mi pecho, y es una sensación en algún lugar profundo de mi interior, justo detrás del estómago.

La puerta de madera se siente tibia al contacto de mi mano, y cruje cuando la abro.

Aguanto la respiración, esperando, sin saber si tengo miedo o estoy emocionada.

No pasa nada.

Busco a tientas el interruptor de la luz, que aparentemente no funciona, así que me guío por la luz de la luna que se derrama desde una estrecha ventana en la parte superior de la pared. Al bajar los escalones, la madera astillada me pincha los pies descalzos, y después de unos segundos ya estoy abajo.

En un primer momento, me siento aliviada porque el sótano está vacío.

Enseguida, me siento contrariada porque está vacío.

El sótano es pequeño, me doy cuenta. Se sentía más grande cuando yo era menor. El sitio solía ser un rompecabezas: ¿cómo ir de un extremo al otro? ¿Sobre qué cajas te subes? ¿Qué camino tomas?

Ahora: nada.

Nada en absoluto, ni siquiera agua, aunque Halmoni dijo que el sótano se había inundado. Me arrodillo y paso mi mano por la alfombra. Está completamente seca.

¿No debería estar húmeda? Y no debería oler, no lo sé, ¿a *mojado*? ¿A moho?

El sótano huele igual que siempre: lleno de polvo y de recuerdos, como las páginas de un libro viejo.

Muerdo el interior de mi mejilla. Quizás estoy siendo paranoica, pero nada de esto parece comprensible. Si el sótano nunca se inundó, ¿por qué Halmoni movió todas sus cosas?

¿Y por qué mintió?

Un ruido me sobresalta y me pongo en pie de un salto. Es un gemido profundo, una especie de ruido animal, y camino de vuelta hacia los escalones, tambaleante, tropezándome con mis propios pies. El miedo me pellizca los dedos de los pies mientras subo corriendo las escaleras: trepando de dos en dos, a duras penas respirando, hasta que me encuentro fuera del sótano, con la puerta firmemente cerrada a mis espaldas.

Me apoyo contra la puerta cerrada e intento tranquilizar la respiración y las piernas temblorosas.

Debería irme a la cama ahora mismo. Todo lo que ha pasado es suficiente para una noche y he perdido por completo el apetito.

Escucho de nuevo el ruido, y ahora me doy cuenta de que proviene del baño. La puerta está entreabierta y me quedo en la oscuridad, tratando de ver en el interior.

Y dentro del baño, veo una bestia, un desorden de escamas negras, una bestia de sombra, encorvada y jadeante. Gruñe y se agita como si todos sus huesos estuvieran rotos.

Mi corazón se queda congelado, pero un instante después las sombras se disipan.

Y no se trata para nada una bestia. Es Halmoni. Y le pasa algo.

7

Intento procesar lo que estoy viendo, pero no tiene sentido. No es un monstruo, sino Halmoni.

Halmoni, enferma.

Halmoni vomitando.

Los niños se enferman todo el tiempo. Sam siempre me dice: *Ustedes, los niños, están hechos de gérmenes.* (Como si ella fuera tan adulta.) Pero tiene razón. Porque se supone que los adultos no vomitan. Y mucho menos se supone que Halmoni vomite. Ella es tan glamorosa, y esto es tan... *asqueroso.*

Halmoni siempre ha sido la reina del sueño. Se va a la cama a las ocho y media de la noche, se pone rulos y envuelve su cabello en una pañoleta, se coloca una mascarilla y duerme doce horas seguidas.

Nada se interpone en su sueño embellecedor. Excepto, supongo, esto.

Una buena nieta la ayudaría. Una buena chica le llevaría galletas y agua y le sostendría la cabeza.

Pero por alguna razón, no me muevo. Por mucho que lo intento, no consigo obligar a mis piernas a funcionar, no puedo hacer que mi mano abra la puerta.

No soy una buena nieta.

Tengo la sensación de que he visto algo que no debería haber visto. Halmoni mira a través de la puerta entreabierta y me descubre. Es demasiado tarde; trato de activar mi invisibilidad, pero Halmoni puede verme. Siempre puede verme.

—Lily —grazna la abuela. Los rulos en su cabello negro se ven como escamas—. Me pareció escucharte allí.

Su rostro está envuelto en oscuridad y no puedo saber qué está pensando. ¿Está molesta conmigo? ¿Enfadada de que ande por allí a escondidas? ¿Quiere que me vaya? Cuando hablo, sólo me sale un susurro:

—¿Estás bien?

Deja correr el agua del inodoro y se pone de pie, dando un paso adelante, a la luz de la luna. Las arrugas alrededor de sus ojos y labios son más profundas que de costumbre, pero se ve suficientemente sana. Si no la hubiera escuchado vomitar, no habría pensado que algo andaba mal.

—Por supuesto, estoy bien. Toda mi familia estar aquí. Entonces mucho mejor que bien.

—Pero... —mi voz se quiebra. Me aclaro la garganta—. ¿Estás... estás enferma?

—Ah, sí, Lily. Sólo poquito. ¿Cómo se dice? ¿Un pequeño tribus?

A veces pienso que equivoca las palabras a propósito para hacernos reír, para distraernos.

—¿Un virus? —le pregunto.

Asiente.

—Sí, eso, pequeño virus. Pero estoy bien.

Respiro hondo para tratar de calmarme. Todo el mundo puede enfermarse del estómago, incluida Halmoni.

Nada más que un pequeño tribus-virus.

—¿Por qué levantada? —pregunta.

—No podía dormir. Estaba pensando en... el tigre.

Se queda mirándome durante tres largos segundos, luego extiende la mano.

—Ven a acostar conmigo —dice—. Te cuento ahora. Te cuento lo que robé.

8

Halmoni me lleva a su dormitorio y me acurruco debajo de las mantas con ella. En medio de la oscuridad, examino la habitación.

En su mesita de noche, como siempre: fotos enmarcadas de mamá, de Sam y mías.

Y ahora, algo nuevo: una fila de diminutas botellas con pastillas de color naranja en el interior. Toda una familia de botellas.

Antes de que pueda preguntarle al respecto, dice:

—Robé historias.

Aspiro una bocanada de aire, tratando de entender, pero no es fácil. Mi abuela. Robó historias. A unos tigres mágicos.

No le encuentro mucho sentido a todo aquello.

—¿Cómo se roba una historia? —pregunto.

Halmoni permanece callada durante un rato tan largo que pienso que tal vez cambió de parecer sobre contarme la historia. Pero tan sólo está esperando, creando suspenso; después de unos segundos, toma mi mano y sigue mi línea de la vida con la yema de su dedo. Solía hacer esto cuando yo era pequeña, para calmarme durante las partes espeluznantes de sus historias.

—Estas historias vienen de una época atrás. Largo, largo tiempo atrás. Cuando tigre caminaba como un hombre.

Me aprieto más a ella, con el corazón ronroneando ante aquellas palabras mágicas.

—Estas historias vienen de una época cuando noche era negra. Sólo oscuridad. Y en la oscuridad, una princesa vive en un castillo en el cielo. La princesa muy sola, entonces ella susurra historias a la noche. Y esas historias volverse estrellas.

Cuando Halmoni nos decía que estiráramos las manos y agarráramos una historia del cielo, siempre pensé que era sólo un juego divertido. Nunca pensé que lo estuviera diciendo literalmente.

—¿Las estrellas están hechas de historias? —le pregunto.

—Sí, sí. Ahora escucha —la abuela me hace callar y continúa hablando—: La princesa del cielo cuenta tantas historias que cielo se llena de luz. ¡No más oscuridad en ningún lado! Y la gente en tierra, allá abajo en las aldeas, tan felices. No más noche.

Miro por la ventana un firmamento negro como la tinta y me estremezco. *No más noche.*

—Magia de historias tan brillante y poderosa que por supuesto tigres quieren quedarse con ellas. Tigres van a cima de montaña más alta, se rodean de estrellas y protegen el cielo.

Halmoni continúa:

—Y a los humanos encantan esas historias, también. Pero a mí no me gustan algunas de las historias que cuentan las estrellas. Algunas de esas historias… peligrosas. Algunas historias demasiado peligrosas para contar.

Lo pienso un par de segundos.

—¿Pero cómo puede ser peligrosa una historia? —pregunto.

Halmoni me abraza con fuerza.

—Algunas veces hacen que gente se sienta mal y actúe mal. Algunas de esas historias hacer que yo me sienta triste y pequeña.

Me muerdo el labio. Las historias que Halmoni nos contaba siempre tenían finales felices. Eran sobre chicas inteligentes y familias amorosas y princesas guerreras que realizaban hazañas para salvar a los demás.

—Escuché llorar a mi propia halmoni cuando me contaba historias tristes, del pasado de nuestra Corea —dice la abuela—. Veía que mis vecinos se asustan. Veía que mis amigos ponen furiosos. Y pensé: ¿por qué tenemos que escuchar malas historias? ¿No es mejor si malas historias desaparecen?

Trago un poco de saliva. Eso tiene sentido, pienso.

—Así que una noche tranquila, saco frascos de mi casa y los llevo arriba de la montaña, rastreando a esos tigres hasta sus propias cuevas. Soy la niña más pequeña del pueblo más pequeño, y soy astuta. Me escondo fuera de cuevas y espero hasta que tigres están dormidos, hasta que ronquidos retumban. Y luego empiezo a trabajar, agarrando estrellas con los dedos, las malas historias, metiéndolas en frascos.

Es otra cosa que parece imposible, pero tal vez el mundo es más inmenso de lo que yo pensaba. Tal vez hay sitio en el mundo para tigres que desaparecen y para estrellas capturadas.

—Te robaste las estrellas —le digo.

—No todas. Pero… sí.

Me pregunto cómo se sentiría tener estrellas entre mis manos, si se desmoronarían como polvo o se harían añicos como el cristal, si causarían una quemadura ardiente y feroz, o fría y acerada.

Halmoni sigue contando:

—Sello los frascos. Luego me alejo de puntillas de cueva, muy suave, *sh*. Antes de irme, pienso *Voy a ser extra cuidadosa. Asegurarme de que no me sigan*. Entonces traigo rocas del bosque, una por una, y las apilo en montón en entrada de cueva, hasta que forman un muro. Un muro grande y pesado. Hasta que tigres atrapados adentro.

Siento un escalofrío al imaginar a los tigres arañando el otro lado del muro.

—Pienso: no más malas historias. No más. Yo nunca quiero escucharlas de nuevo, así que escapo lejos, lejos de mi pequeña aldea, al otro lado del océano, atravieso el mundo entero, a un nuevo lugar. Donde estoy a salvo de la tristeza —la voz de Halmoni comienza a desvanecerse a medida que la invade el sueño—. Robo las estrellas y las encierro.

—¿Cómo sabías…? —le pregunto, mientras presiono mis dedos cálidos contra los suyos, fríos—. ¿Cómo sabías que no te iba a pasar nada?

—No lo sabía. Pero creo en mí. Cuando crees, entonces te comportas valiente. A veces, creer es lo más valiente de todo.

—¿Así que todo salió bien? —Halmoni nunca decía mayor cosa sobre cómo había llegado a Estados Unidos desde Corea, y nunca se me había ocurrido preguntarle.

Se queda en silencio tanto tiempo que creo que tal vez se ha dormido. Pero de repente dice:

—Nada dura para siempre, Lily. Los tigres se liberaron. Los tigres muy enojados. Ahora vienen por mí.

Desde la sala escucho un crujido y mi cuerpo se tensa, pero probablemente sea sólo mamá cambiando de posición mientras duerme.

Halmoni aprieta sus labios contra mi cabeza y sus palabras se van haciendo más confusas mientras va entrando en el mundo de los sueños.

—Persiguiéndome ahora. No paran de buscarme.

9

Mis sueños están llenos de tigres. Cuando despierto a la mañana siguiente, me quedo acostada junto a mi halmoni, que aún duerme, pensando acerca de la historia que me contó. Son muchas las preguntas que se agolpan en mi mente.

¿Qué historias robó? Tengo curiosidad y una parte de mí quiere escucharlas, incluso si son peligrosas.

Pero tengo preguntas más importantes, como: ¿en verdad vi un tigre? Porque si es así, estoy bastante segura de que se trata del tigre que está persiguiendo a Halmoni.

Tenemos que hacer algo al respecto. No podemos simplemente esperar. Necesitamos un plan para protegernos.

No hay manera de que vuelva a quedarme dormida, así que me deslizo lentamente de la cama y salgo de su dormitorio hacia la sala.

Las nubes bloquean el sol y pintan la casa de un tono gris; la sala se encuentra tan silenciosa que me sorprende encontrar a mamá sentada en el sofá.

Está casi de espaldas a mí, con el cuerpo encogido alrededor de una taza de café medio llena. El vapor danza antes de subir flotando a besarle el rostro, pero ella no se entera.

Caigo en cuenta de que ha pasado mucho tiempo desde la última vez que vi a mamá tan *quieta*. Ella siempre se está moviendo. Experimento la sensación de haber capturado un momento valioso. Quiero guardarlo y sostenerlo cerca de mi corazón.

Mamá tiene la mirada clavada en la ventana de la sala, pero afuera no hay nada que ver excepto los vagos contornos de algunos árboles y un par de casas a lo lejos.

Doy un paso hacia ella y, en ese momento, una tabla del piso aúlla.

Se sobresalta. El café se remueve en la taza y está a punto de derramarse.

—¡Lily, me asustaste! Eres tan silenciosa. Y siempre me estás espiando.

—Ah —digo. No es como si hubiera querido espiarla—. Lo siento.

Sonríe tenuemente.

—¿Cómo estás? ¿Qué tal dormiste?

Es algo demasiado complicado de responder, así que asiento con la cabeza a manera de respuesta.

Y supongo que un asentimiento es suficiente para mamá, porque no insiste en el tema. Deja su taza de café sobre la mesa mientras se pone de pie y, en cuanto lo hace, me doy cuenta de que está muy bien vestida, con una camisa formal de botones y pantalones de trabajo.

—¿Tienes hambre? —me pregunta.

—No —digo—. ¿Por qué estás vestida así?

—Tengo una entrevista de trabajo hoy en la mañana —explica, mientras da vueltas por la cocina.

Sólo hemos estado aquí una noche. La mayoría de las madres quisieran instalarse en el nuevo sitio y deshacer las maletas, pero, por supuesto, mi madre ya tiene programada una entrevista. Trabajaba como contadora en California y trabajaba mucho.

—Pero tengo tiempo para prepararte algo —añade—. De verdad, deberías comer algo. ¿Qué tal los pasteles de arroz de ayer?

—No, gracias —digo—. En realidad, me estaba preguntando acerca de...

—¿Segura? —insiste—. Recalentados son muy ricos. ¿Te conté alguna vez que Halmoni solía vender sus pasteles de arroz cuando nos mudamos aquí? A todo el mundo le encantaban.

Doy un paso adelante.

—¿De verdad? —mamá rara vez habla de cuándo era niña.

—¿Y una taza de té? ¿Te gustaría un té? Puedo prepararte una taza ahora mismo —mamá abre un gabinete, luego se detiene, con una mano flotando en el aire—. Ah, es verdad, Halmoni movió las tazas al otro lado. Antes estaba diferente.

Agarra una taza de su nuevo lugar y pone a hervir agua para el té, aunque en realidad no me apetece. No me gusta el té.

—Mamá... —digo, vacilando, tratando de sonar tan casual como sea posible—. ¿Cuando eras pequeña, alguna vez Halmoni te contó historias? ¿Historias que parecían imposibles?

Mamá hace un gesto de contrariedad.

—Ah, no lo sé. Quizá. Pero yo nunca fui tan buena lectora como tú. Me gustaba salir y jugar en la calle, así que no tenía paciencia para escuchar historias.

—Ah —tengo la impresión, como me ocurre a veces, de que algo anda mal conmigo, pero aparto esa idea de mi mente—. Pero ¿te contó historias sobre su niñez y esas cosas?

Los ojos de mamá se vuelven lejanos, como cuando estaba mirando por la ventana.

—Nunca hablaba mucho de la época en que vivía en Corea. Sé que creció muy pobre, en una aldea rural a muchos kilómetros de Seúl. También sé que vivía sola con su propia halmoni, porque cuando todavía era muy pequeña, su madre se había mudado a

Estados Unidos. Halmoni trató de encontrar a su madre cuando se mudó aquí, cuando yo era sólo una bebé, pero no creo que la haya encontrado nunca.

—Más bien lo que yo quería preguntar era… —me freno. ¿Cómo le empiezo a explicar esto? *¿Alguna vez encontraste estrellas ocultas en frascos? ¿Alguna vez te persiguieron los tigres?*—. No importa.

Mamá toma aire y logra dibujar una sonrisa en su rostro.

—De todos modos, deberías conocer a algunos niños en el vecindario. Aún viven aquí algunos amigos de cuando asistí a la preparatoria que tienen niños de tu edad. Puedo programar una cita para jugar —mamá hace esto cuando quiere cambiar la conversación, sólo cambia abruptamente de tema y actúa como si hubiéramos estado hablando de eso todo el tiempo.

No me molesto en explicarle que las "citas para jugar" expiraron hace unos seis años. Y no le explico lo difícil que es hacer amistades.

Algunas personas parecen atraer nuevas amistades todo el tiempo. Como Sam. Aunque a veces es brusca y ofensiva con los demás, siempre tiene una nube de gente a su alrededor. Y siempre tiene un número infinito de mensajes de texto que responder. Yo, en cambio, nunca he sido una de esas personas que atrae amistades.

He tenido un par de amigas y en una época me encontraba con un grupo de chicas. Sam decía que ellas también eran CATYC —chicas asiáticas tímidas y calladas como yo—, pero después de un tiempo se desvanecieron. Nunca fueron desagradables conmigo ni nada, tan sólo se olvidaron de invitarme a los encuentros. Como si se hubieran olvidado de que yo existía.

Las amistades no me duran mucho.

Y supongo que no importa. Que es sólo a causa de mi invisibilidad.

—Ahora tengo que irme a la entrevista —dice mamá—. Pero tú deberías salir de la casa. Tomar un poco de aire fresco. ¿Quizás ir a la biblioteca? Podrías conocer a otros chicos lectores. Y a ti te encantan las bibliotecas.

Me gustan las bibliotecas, supongo. Pero no sé de dónde sacó la idea de que me *encantan*, en especial porque solía odiar la que queda al otro lado de esta calle.

Cuando era pequeña, me negaba a entrar al sitio. Me sentaba en los escalones mientras mamá y Sam entraban, y me quedaba esperándolas a que me trajeran libros ilustrados.

Mamá no entendía por qué le tenía tanto miedo, ya que la biblioteca parecía una linda cabaña, ubicada justo en frente del bosque. Los marcos de puertas y ventanas estaban pintados en tonos brillantes y coloridos.

Pero le expliqué: *Se parece a la casa de pan de jengibre de "Hansel y Gretel".*

Supongo que lo olvidó.

Un destello de irritación se enciende en mí, pero lo reprimo.

—Sí, de acuerdo —le digo.

Mamá parece aliviada.

—Eso es genial, Lily. Eres la mejor. ¿Te he dicho que eres la mejor? —me sirve el té y pasea sus manos por mi cabello—. Diviértete en la biblioteca, ¿de acuerdo?

Se marcha, cerrando con vigor la puerta a sus espaldas, y sorbo el té aunque realmente no quiero tomarlo. Me quema la lengua y sabe a tierra, pero envía fuego por mi garganta y me despierta.

Y estoy enojada. Porque a veces es como si mamá tuviera otra Lily en su cabeza. Una Casi Yo que no coincide con la Yo Real.

No me *gusta* el té. No me *encantan* las bibliotecas. ¿Y si no soy la mejor? ¿Cómo lo sabría ella? No es como si estuviera prestando atención.

Me levanto para verter el té en el fregadero, y siento un curioso deleite a la vista del remolino de agua marrón. Es algo imprudente y derrochador, pero de una buena manera.

Una vez que termino de verter el té, dejo caer la taza, sólo que con demasiada fuerza. Se agrieta.

Por un momento contemplo la grieta y algo se abre dentro de mí, algo grande y vacío, un agujero negro que es demasiado aterrador para contemplar.

Así de veloz como llegó, se evapora mi rabia. No sé qué me pasó. Tomo la taza y la entierro en la basura, en el fondo del bote, donde nadie la va a encontrar.

Luego me pongo unos jeans y una camiseta a rayas, y me hago una trenza, sin molestarme en cepillarme. Me coloco mi impermeable y me dirijo a la biblioteca al otro lado de la calle.

Ya no soy una niña. No le tengo miedo a "Hansel y Gretel". No le tengo miedo a los cuentos de hadas.

Y no creo que vaya a conocer allí "chicos lectores", pero tal vez haga algo de investigación.

Si un tigre está tratando de cazar a mi abuela, encontraré una manera de protegernos.

10

Los escalones que conducen a la biblioteca están llenos de grietas, las ventanas están ahumadas y el techo se ve algo hundido, sólo un poco, como si estuviera cansado. Es difícil imaginar que ésta sea la misma biblioteca de pan de jengibre a la que le tenía miedo cuando era niña. Toda esa magia se ha esfumado.

Cuando llego a la puerta, tiro de ella una vez, luego otra, y justo cuando me preguntaba si hoy estaría cerrada, el edificio finalmente me deja entrar. En el interior huele a moho, pero el sitio es cálido.

Un hombre mayor, sentado en la recepción, levanta la vista de una antigua computadora. Unas gafas delgadas con marco de alambre se balancean en su nariz, y un espeso bigote blanco sube y baja entre sus mejillas rosadas cuando habla. Si no tuviera el ceño tan fruncido, podría parecerse un poco a Santa Claus.

—¿Puedo ayudarle en algo? —pregunta, de una manera que indica que en realidad no quiere ayudarme. Cruza los brazos sobre el pecho, arrugando su suéter tejido.

De modo que ninguna bruja malvada, tan sólo algo muy cercano a un Santa Claus gruñón.

—Mmm, no hace falta —le digo—, sólo estoy mirando.

Me observa fijamente y no estoy segura de qué hacer. Por un segundo, me pregunto si no tengo permitido ingresar a la biblioteca. Pero eso es ridículo. Es una *biblioteca*.

—¿Tienes una tarjeta? —me pregunta.

En un primer momento, no entiendo lo que quiere decir.

—Ah, claro. Una tarjeta de biblioteca. Mmm... no.

Me acerco al escritorio, a pesar de que el hombre me da un poco de miedo. Sus pobladas cejas se unen cuando frunce el ceño y parece estar esperando algo, pero no estoy segura de lo que quiere.

—Soy Lily —le digo—. Lily Reeves. Mi hal... mi abuela vive al otro lado de la calle. Me acabo de mudar con ella.

Una de sus cejas se arquea, y asiente una vez, en lo que podría significar aprobación. Todavía tiene el ceño fruncido, pero un poco menos.

—Así que eres la nieta de Ae-Cha —confirma—. Voy a poner tu tarjeta bajo su cuenta.

Le doy las gracias mientras él empieza a redactar mi información con su ruidoso teclado.

—Una buena mujer —dice después de unos momentos—. Una conmoción en este pueblo cuando se mudó aquí, no te quepa duda. Pero le debo una. Y Joan, quien supongo que es tu madre, la seguía por todas partes.

—Ah —digo. No tengo idea de por qué este señor le debe algo a Halmoni. Tampoco estoy segura de que mamá la siguiera a todas partes. Trato de imaginarlo, pero no lo consigo. Simplemente son demasiado diferentes la una de la otra.

Escanea una tarjeta roja de biblioteca y me la entrega.

—Entonces, hasta luego.

—Ah —repito, tomando la tarjeta y deslizándola en mi bolsillo—. Mmm, de hecho, me pregunto si tiene algunos libros sobre tigres.

Frunce el ceño y se dirige a la computadora.

—¿Se trata de un proyecto de la escuela de verano? ¿O es un interés personal?

—¿Personal? —mi boca lo dice como una pregunta.

Refunfuña.

—No es muy frecuente que hoy en día los muchachos utilicen la biblioteca. Creen que todo se puede encontrar en la red.

—Sí —le digo, porque no sé me ocurre qué otra cosa responder. Supongo que la mayoría de los niños de hoy en día no tienen el problema de un tigre mágico que esté persiguiendo a su abuela, y no creo que una búsqueda en Google de *tigre mágico malvado* obtenga muy buenos resultados.

Alguien gruñe a mis espaldas y cuando me doy la vuelta encuentro a una chica más o menos de la edad de Sam, con piel color marrón claro, pecas y cabello rizado, que empuja un carrito de biblioteca vacío.

—Joe —le dice—. ¿En serio estás aleccionando a esta pobre chica sobre los *muchachos de hoy en día*?

—Y no estoy equivocado al respecto —dice el bibliotecario, Joe.

La chica sacude la cabeza mirando en dirección de Joe y me extiende la mano.

—¡Hola! ¡Bienvenida a la mundialmente célebre biblioteca de Sunbeam! Soy Jensen.

Cuando le estrecho la mano, su agarre es fuerte y cálido. Mientras sonríe, la salpicadura de pecas en sus pómulos parece bailar. Halmoni siempre dice que las pecas traen buena fortuna.

—Ésta es Jensen —agrega Joe, innecesariamente—. Es mi empleada.

Jensen se echa a reír.

—Qué presentación más elocuente. Ahora que ya sabes todo lo que hay que saber sobre mí, ¿cuál es tu nombre?

—Lily —respondo.

Jensen sonríe.

—Bueno, Lily, gusto en conocerte. ¿Has estado aquí antes?

Le indico que no con la cabeza y su sonrisa se ensancha aún más.

—Genial—comenta—. Para ser honestos, la mayoría de las personas en el pueblo probablemente tampoco la han visitado. Estamos buscando maneras de darle un poco más de vida al lugar. Recordarle a la gente que estamos aquí y tratar de animarlos a que vengan, pero bueno, ¿quién sabe si más adelante? —se encoge de hombros, luego se inclina sobre el escritorio de Joe para leer lo que está escrito en la pantalla de su computadora—. Tigres. Genial. Ven conmigo. Puedo darte un tour del sitio y mostrarte la sección de fauna salvaje.

Joe regresa a su teclado y yo sigo a Jensen entre los estantes con libros.

—Alerta de *spoiler*: la biblioteca es bastante exigua, por lo que el recorrido no durará mucho —de nuevo se echa a reír. Esta chica es veloz con las sonrisas y aún más, con las risas.

Mientras zigzagueamos por los pasillos, vuelve a mi memoria el sótano de Halmoni. Antes de que moviera a la parte de arriba todas las cajas y armarios, solían formar un laberinto de recuerdos. Aspiro con fuerza.

Jensen se vuelve hacia mí.

—¿Eres nueva en el pueblo?

Le digo que me mudé con Halmoni y en su rostro se dibuja una leve sonrisa.

—Conozco a tu abuela. Todo el mundo la quiere.

—¿De verdad?

Inclina la cabeza, por lo visto un poco confundida por mi pregunta.

—Sí, por supuesto. Ella es súper agradable y una persona interesante, y sus vestimentas son siempre las mejores.

Siento una oleada de orgullo, porque, *por supuesto*, todos quieren a Halmoni. Todos *deberían* querer a Halmoni.

Pero al mismo tiempo, de una manera extraña, mi pecho se tensa. No sé nada sobre la vida de Halmoni en Sunbeam. Aparte de mis primeros años aquí, sólo la he visto en California. Y en California estaba sólo para nosotras. Era *nuestra*.

Los celos que están saliendo a flote me alarman… al igual que mi enojo con mamá esta mañana. No me gusta. Son sentimientos que no debería sentir.

Vuelvo a centrarme en Jensen, que sigue hablando.

—Soy tutora de artes del lenguaje a nivel de escuela secundaria. De modo que si alguna vez estás buscando ayuda, avísame.

Mi voz sale rasposa, como pasa siempre que hablo con personas desconocidas.

—Sí, de acuerdo. Gracias.

El *tour* termina en una habitación pequeña en la parte trasera de la biblioteca. En el interior veo un minirrefrigerador, un armario, dos sillas y la puerta trasera de la biblioteca. En la pared cercana a la puerta hay un póster descolorido de un gato caminando precariamente por la delgada rama de un árbol, con las palabras NUNCA PIERDAS EL EQUILIBRIO escritas en letras burbuja blancas. No sé quién habrá puesto el póster allí, pero estoy bastante segura de que no fue Joe.

—Ésta es la sala de personal —explica Jensen— pero siempre les digo a mis alumnos que pueden volver aquí. Esta habitación está repleta de dulces y a todo el mundo le viene bien un poco de azúcar.

Saca del refrigerador un pastelillo de chocolate y me lo ofrece.

Flash back veloz, mi temor de la infancia se ilumina: Hansel y Gretel fueron atraídos con dulces. Pero me sacudo el pánico y le doy las gracias mientras lo acepto.

Jensen se inclina y baja la voz.

—Te voy a confiar un secreto: Joe horneó estos pastelillos.

Enarco las cejas y Jensen ríe.

—Ya sé lo que estás pensando —dice—. Joe no parece el tipo de personas que hornea cosas así. Pero no lo juzgues con demasiada dureza. No es mala persona una vez que lo conoces. Siempre digo que Joe es como una metáfora de todo este pueblo. Insoportable por fuera, pero de verdad maravilloso cuando exploras un poco más a fondo.

Tengo la sensación de que Jensen es lo que mamá llama una *optimista implacable*, pero su felicidad es contagiosa. Sonrío y le doy un mordisco al pastelillo, y el chocolate me reanima todo el cuerpo.

—Es realmente bueno —le digo. Por alguna razón, me recuerda los pasteles de arroz de Halmoni, aunque el sabor no es nada parecido—. Joe podría venderlos.

Me lanza una mirada extraña y al instante me siento avergonzada. No sé por qué dije eso. Halmoni vendía sus pasteles de arroz, pero lo hacía porque necesitaba dinero cuando se mudó aquí.

Jensen sonríe.

—Es una idea brillante, Lily.

—Ah, bueno —respondo. No puedo decir si es en serio o si sólo está siendo amable.

—En todo caso —continúa diciendo—, puedes servirte uno siempre que visites la biblioteca. Y espero que la visites. A veces es un poco solitario por aquí.

Me cae bien Jensen. Es más amable de lo que yo pensaba que pueden ser los adolescentes. Es, básicamente, la antiSam. Y no sé qué ve, exactamente, cuando me mira, pero sé que me ve, lo cual es una sensación agradable, aunque también me pone un poco nerviosa.

Jensen me guía hasta la sección de fauna salvaje y busco la selección de libros sobre tigres. Es bastante reducida: *¡102 detalles acerca de los tigres!* y *¡102 detalles MÁS acerca de los tigres!*

Los hojeo en busca de cualquier información que pueda ayudar... algo así como: *¡Hay una raza de tigres que pueden desaparecer mágicamente!* O: *¡Si un tigre está cazando a tu abuela, ésta es la manera de impedirlo!*

Pero lo que encuentro es:

- ¡El diente canino de un tigre puede cortar a través de un hueso!
- Si miras a un tigre a los ojos, es menos posible que te mate, ¡pero de cualquier manera, ten cuidado!
- ¡El rugido del tigre tiene una frecuencia tan baja que te puede paralizar!

Vuelvo a colocar los libros en el estante. Esto no es lo que necesito y no alivia en absoluto mi preocupación de que me esté persiguiendo un tigre.

—De hecho —le digo mientras trago saliva nerviosamente—, ¿tienen relatos sobre tigres?

Jensen hace girar uno de sus rizos alrededor del índice.

—Bueno, tenemos los libros de Narnia. Aunque, supongo que ése es un león... ¿Tienes en mente algunas historias en particular? Tal vez así pueda tener una mejor idea de tus gustos.

Obviamente, no puedo hablarle sobre el tigre mágico y las estrellas robadas, pero puedo contarle la historia original del tigre que contaba Halmoni.

Le doy el resumen más breve posible.

—Pues bien, hay una historia sobre un tigre y él se come, eh... a una abuela, y luego se viste con la ropa de la abuela y trata de comerse a sus nietas. Y luego las persigue y...

—¡Eso suena como "Caperucita Roja"! —interrumpe Jensen.

—No, ése es un lobo —le digo—. Y esta historia es de Corea.

Pasea el dedo por el lomo del libro, ensimismada.

—Nunca había escuchado la versión coreana. Pero qué interesante, ¿verdad? Hay diferentes versiones en muchas partes del mundo de algunos cuentos de hadas, incluso en lugares que tienen muy poco en común. Y, sin embargo, las historias son esencialmente las mismas.

Quiero explicarle que esta historia es completamente diferente. Que ésta es una historia sobre hermanas y el sol y la luna y un tigre. Es una historia especial.

Pero Jensen sigue hablando:

—Es como si esos cuentos populares tuvieran una mente propia. Como si estuvieran flotando alrededor del mundo, esperando que llegara alguien y los relatara. Un frío helado me inunda el estómago. Imagino que las historias que Halmoni robó están vivas, encerradas en algún lugar, desesperadas por escapar.

—Así es —susurro.

—Dudo que tengamos un libro de cuentos populares coreanos en esta biblioteca —levanta una ceja antes de continuar—. Para ser honesta, este pueblo es bastante blanco, así que no vas a encontrar gran cosa sobre otras culturas. Por ejemplo, a veces hago turnos como camarera en el único restaurante asiático del pueblo, Dragón y Tomillo. Ya lo sé, el nombre es bastante cursi, y el tomillo no se usa en la comida asiática, pero es el tipo de pueblo en que vivimos... —se aclara la garganta—. De todas formas, le pediré a Joe que haga un pedido de un libro de cuentos populares coreanos. Dependiendo del presupuesto...

Dejo de escuchar, pues por el rabillo del ojo, alcanzo a ver el movimiento rápido de la cola de un tigre, un destello de color negro anaranjado, que desaparece en el siguiente pasillo.

Mi corazón da un traspié.

El superpoder de las chicas invisibles radica en esconderse, en desaparecer. Para evitar meterse en problemas. Tengo talento para eso.

Huye, me digo. *Escóndete.*

Pero mis piernas me ignoran. Ya estoy avanzando por el pasillo cuando le balbuceo a Jensen:

—De hecho, creo que... eh... allí podría haber un libro. ¡Por allí!

Persigo al tigre, serpenteando por los pasillos, siguiendo atisbos de su cola... hasta que me estrello contra un manchón negro y naranja.

11

No es un tigre. Es un chico. Un chico blanco bajito, vestido con una camiseta naranja brillante, jeans negros, y una anticuada gorra de vendedor de periódicos sobre un desgreñado cabello castaño.

—¡Lo siento! —exclamo. Miro por encima de su hombro. Podría haber jurado que vi una cola de tigre, pero no hay nada. Estamos en medio de uno de los pasillos, rodeados de cómics.

El chico ríe y se quita la gorra.

—Hola, soy Ricky. Lamento que nos hayamos conocido en circunstancias de colisión.

Antes de que pueda responderle, le grita a Jensen, que llega a toda prisa a mi lado.

—¡Hey, Jensen! ¿Sabes que corrí hasta aquí? ¿Desde el sitio en el estacionamiento donde me dejó mi papá? Lo hice porque sé que detestas que llegue tarde —se limpia gotitas de sudor del labio superior, para añadir un efecto dramático—. Algo realmente muy considerado de mi parte.

Jensen suspira.

—Ricky, por favor, baja la voz.

Cuando Ricky sonríe, las comisuras de sus ojos se arrugan y se forman pequeños hoyuelos en sus rollizas mejillas. Puedo decir que es una de esas personas que atrae amistades, porque me cae bien de inmediato.

Se vuelve hacia mí.

—De manera que hola, ¿quién eres y cuál es tu historia y por qué estás en esta pequeña y triste biblioteca?

—Soy Lily —digo, y de sopetón mi mente se queda en blanco. Él se queda mirándome fijamente, esperando más; cuánto daría para que mi invisibilidad entrara en acción ahora mismo.

Jensen acude al rescate.

—Lily acaba de mudarse con su abuela, la casa al otro lado de la calle.

Haciendo un gesto en dirección a Ricky, Jensen agrega:

—Lily, éste es Ricky, uno de mis estudiantes durante el verano. Nos reunimos todos los martes y jueves —se vuelve directamente hacia él y le dice—: Y la biblioteca no es *triste*. Solamente está un poco destartalada.

—¿Va a recibir tutoría conmigo? —le pregunta Ricky a Jensen, como si yo no estuviera allí. Es la misma sensación que tengo a veces con mamá y con Sam, como si estorbara o como si me hubiera aparecido en medio de una conversación a la cual no pertenezco.

Apoyo con fuerza en el suelo el dedo gordo del pie.

—No, sólo estoy buscando libros.

Sus ojos se abren de par en par y mira hacia los estantes de libros de cómics.

—¿También te gustan los cómics? A mí me encantan. En este momento estoy leyendo todos los *Superman* originales. Bueno, al menos los que Joe tiene aquí. Sé que mucha gente piensa que Superman no es genial. No digo que sea mi superhéroe favorito, pero es parte del canon, ¿sabes?

—Sí, lo es… —hago una pausa, tratando de pensar en algo para continuar la conversación, cualquier cosa que recuerde sobre Superman. Me quedo en blanco.

Por fortuna, Jensen interviene de nuevo:

—A Lily le gustan los tigres, así que está buscando libros sobre ellos —le dice. Lo cual no es para nada exacto. Quisiera corregirla: no me *gustan* los tigres. Pero me encojo de hombros y me esfuerzo por sonreír.

La sonrisa de Ricky vuelve a su rostro.

—Vaya. Nunca había conocido a una chica a la que le gusten los tigres.

—Bien… sí —si yo fuera más como Sam, le diría que los chicos no tienen exclusividad en el gusto por los tigres. Pero no digo nada. Tan sólo me gustaría que pudiéramos regresar al tema de los cómics.

—Quiero decir, no es que muchas chicas me hablen, supongo —continúa, sin reparar para nada en mi incomodidad—. Pero los tigres son estupendos. Son estilizados y elegantes, pero de una manera despiadada.

No es precisamente sobre lo despiadados que son los tigres que quiero pensar en este momento.

—No puedes confiar en un tigre —digo.

Asiente lentamente.

—No puedes confiar en un tigre —repite, como si yo acabara de decir algo fascinante y estuviera tratando de memorizarlo—. Me gusta eso. Mi bisabuelo era cazador de tigres. Pero de hecho, eso es algo muy malo, porque los tigres están en peligro de extinción y ahora es ilegal, así que mi papá no quiere que le hable a la gente de eso… —después de una breve pausa continúa diciendo—. Quiero decir…

—Bueno, Ricky, ya fue suficiente tardanza —dice Jensen, interrumpiéndolo—. Vamos a trabajar.

Ricky se va detrás de ella y me dejan sola en el pasillo, con la cabeza dando vueltas como un remolino.

Quizás imaginé al tigre, pero no lo creo. El tigre estuvo aquí. Yo sé que estuvo aquí.

¿Qué habría pasado si Ricky no hubiera interrumpido? ¿Qué habría pasado si yo hubiera atrapado al tigre?

Un tigre estilizado, elegante, despiadado y mágico está acechando a mi familia, y yo lo *perseguí*.

No puedo decidir si eso fue increíblemente valiente o increíblemente peligroso. O quizás un poco las dos cosas.

12

A la tarde siguiente, mamá está en otra entrevista y Halmoni duerme una siesta que se extiende más allá de la hora del almuerzo, lo cual es inusual, porque a Halmoni le gusta mucho dormir, pero le gusta todavía más comer.

Sam está arriba con su computadora, y yo no tengo otra cosa que hacer que comer tartaletas de mantequilla de maní, caminar de un lado a otro de la sala y pensar en el tigre.

Esto es lo que sé hasta ahora:

1. El tigre encontró a Halmoni. O al menos, me encontró a *mí*, lo que significa que no tardará en encontrar a Halmoni.
2. Los tigres son obstinados. Este tigre quiere las historias, y hará lo que sea necesario para recuperarlas. El *kosa* debería haberlo mantenido alejado, pero lo vi en la biblioteca, por lo que obviamente el *kosa* no funcionó.

3. Necesitamos más protección, y aunque a Halmoni le molesta que le hable del tigre, tengo que decírselo.

Cuando ya estoy agotada de caminar de un lado a otro de la sala, me deslizo en el dormitorio de Halmoni. El polvo danza en el aire, visible con la luz que entra por la ventana, y el resplandor brumoso del exterior hace que la habitación se vea borrosa. Se siente como si hubiera entrado en un mundo separado, como un pequeño miniuniverso atrapado en el tiempo.

Retiro las mantas y sacudo suavemente a mi abuela para que despierte.

—Halmoni —susurro—. Halmoni, despierta.

La abuela murmura algo y se da vuelta en la cama, de modo que la sacudo otra vez. Un poco más fuerte. Quizás un poco demasiado fuerte.

Abre los ojos.

—¿Lily Bean? —musita—. ¿Tienes hambre?

—En realidad, no —digo. A decir verdad, estoy bastante llena con las tartaletas de mantequilla de maní.

Se incorpora de la cama, lenta y meticulosamente, como si estuviera saliendo de arenas movedizas. Se estira sentada en el borde del colchón y casi puedo ver cómo la somnolencia se va deslizando fuera de su cuerpo.

Su aspecto es débil.

—Halmoni —le pregunto preocupada, dejando en espera temporal mi pregunta sobre el tigre—. ¿Se ha ido el virus? ¿Estás segura de que estás bien?

—Estoy mejor que bien. Mi familia está aquí. Eso es único que me importa —sonríe, pero titubea al decir las siguientes palabras—. Tú para de preocupar.

—Hablando de preocuparse... —tiro de una de mis trenzas—. Creo que necesitamos más protección que únicamente el *kosa*. De nuevo vi al tigre.

Por un segundo, el miedo relampaguea en los ojos de Halmoni. Pero luego los cierra y sacude la cabeza. Cuando sus ojos se abren de nuevo, su aspecto es suave y sonriente.

Abre el cajón de su mesita de noche y saca un pequeño atado de hierbas secas. Separa un manojo y lo coloca en la palma de mi mano.

—Esto para ti. Esto te pone segura, ¿de acuerdo? Entonces, no más preocuparse.

Examino aquella planta rugosa y la miro a ella.

—¿Qué es?

—Es artemisa —explica—. Ésta es mi medicina para comer, pero tú no comerla. La guardas en el bolsillo y te da protección.

Le agradezco y guardo la hierba seca en mi bolsillo.

—Y esto... —vacila un instante antes de llevarse la mano al cuello y desabrochar el collar: la cadena de plata con el dije de perla, su collar especial, el que usa todos los días, el que frota entre sus dedos cuando está haciendo un esfuerzo por encontrar la palabra correcta en inglés—. Esto ayuda también. Lo usas para protección y te pone segura.

Mi pulso late aceleradamente en todo el cuerpo mientras Halmoni asegura el collar alrededor de mi cuello. Es más pesado de lo que parece.

—Pero es tuyo —le digo.

—Sí, y ahora es tuyo.

Presiono mi palma contra el dije. Es más cálido de lo que esperaba. Me calienta el pecho y me gusta cómo se siente, un peso agradable encima de mi corazón.

—¿Esto realmente te mantuvo a salvo?

—Estoy aquí, ¿sí?

Pellizco la perla entre mis dedos, y parece zumbar con energía.

—Pero ¿y tú? ¿No sigues necesitando protección? Los tigres están de cacería.

Ella sonríe, pero no es una sonrisa normal de Halmoni. La sonrisa en sus labios no coincide con los ojos.

—Estaré a salvo, Lily. Yo nada de preocuparse.

Yo no estoy tan segura, y cuando ella detecta aquello en mis ojos, dice:

—Bien, vamos a supermercado ahora. Buscamos aún más protección, ayuda extra contra malos espíritus. Compramos piñones para quemar y el arroz para esparcir bajo luna llena. Además, necesito ingredientes frescos para pastel de arroz.

Sonrío, sintiéndome mejor con sus palabras.

Ella se inclina más cerca.

—Y compro golosinas favoritas de ti, porque yo soy la mejor —hace una pausa—. Bueno, tu madre es la mejor. Pero… Pero yo, la *mejor* mejor.

Río.

—Sí que lo eres.

Levanta una ceja.

—Ahora ve y dices a Sam.

Después de que le digo a Sam que baje y le digo adónde vamos, se apoya en la mesa del comedor, cruza los brazos y le dice a Halmoni.

—No es una buena idea. ¿Acaso no dijo mamá que ya no deberías estar conduciendo?

Halmoni esconde la mirada y siento muchas ganas de darle un buen pellizco a mi hermana. Sam es un agujero negro para la felicidad.

—*Tú* puedes conducir si quieres —le digo a Sam.

Da un respingo.

—No sé…

Sam *podría* conducir. Tiene su permiso, y a su lado estaría Halmoni, que es una conductora con licencia. Mamá siempre le está insistiendo a mi hermana que practique.

Pero, por supuesto, no lo va a hacer. Sam tomó dos lecciones con su instructor de conducción y después de eso se negó a ponerse al volante. No pasó nada malo, pero no quiere hacerlo debido al accidente en que murió papá.

Halmoni presiona su palma contra la mejilla de Sam.

—Vida no es para esperar. Vamos ahora. Estaremos bien.

Sam tira de su mechón blanco.

—Pero mamá dijo…

Halmoni suelta un chasquido de exasperación.

—Tu madre no saber lo que dice. Nada me pasará.

Sam parece insegura, lo cual es ridículo, porque a ella nunca le importa lo que dice mamá.

—Puedes quedarte aquí —le digo.

Hay un destello de enfado en sus ojos y luego uno de molestia.

—No. Sí iré —responde.

Halmoni aplaude.

—¡Buenas chicas! Voy a poner ropa elegante.

Sam frunce el ceño.

—¿Por qué?

—Vamos al supermercado —responde Halmoni antes de desaparecer en su habitación.

Sam menea la cabeza de un lado a otro, pero una pequeña sonrisa se forma en sus labios. Y yo también me siento feliz. Halmoni es Halmoni. Lo que para cualquier otra persona parecería extraño, es su estado normal. Y yo no tengo nada de qué preocuparme. Con una mano acaricio la artemisa en mi bolsillo. Con la otra, agarro mi collar. Todo va a estar bien. Simplemente lo sé.

* * *

Llegamos al supermercado con una lista:
Para comer:
- harina de *mochi*, para pasteles de arroz
- guisantes *wasabi*, para mamá
- galletas saladas Happy Nut, para Sam
- tartaletas de mantequilla de maní, para Lily

Para protección extra:
- arroz de cinco granos, para esparcir en el bosque
- piñones, para quemar bajo la luna llena

Miscelánea:
- detergente de lavandería

Sam levanta una ceja cuando ve en el papel la categoría de protección, pero no dice nada.

—Tenemos que salir de supermercado en media hora, porque lluvia viniendo pronto—dice Halmoni.

Sam hace un gesto de impaciencia.

—Hoy no va a llover. La aplicación del clima dice que hay un cero por ciento de posibilidades de lluvia.

Halmoni se limita a pasar una mano por la cabeza de Sam.

—Media hora.

—Me parece bien —le digo—. No vamos a tardar tanto.

Estoy a punto de dirigirme al pasillo de los granos, cuando una mujer con el cabello rizado de color rojo brillante corre hacia nosotros.

—¡Ustedes deben ser las nietas! —dice con voz atronadora. Me alcanzo a preocupar de que vaya a pellizcarnos las mejillas, pero se abstiene.

Halmoni sonríe.

—Éstas mis pequeñas.

—Tu abuela es la mejor —nos dice efusivamente a Sam y a mí—. Me curó el asma con sus plantas.

Sam da un pequeño paso atrás.

—Pues qué bien.

La mujer se queda a charlar un rato con Halmoni, y cuando finalmente se aleja, un hombre calvo nos dice que nuestra abuela lo hacía reír mucho, incluso después de que se divorció. Y luego una mujer mayor nos cuenta que juega a las cartas con Halmoni.

Es demasiada información para asimilar, sobre todo cuando estoy en una misión de búsqueda de protección.

Halmoni nos presenta a Sam y a mí a todos los co-
nocidos que se encuentra, y todos nos dicen lo boni-
tas que somos, lo dulces. Yo trato de recordar quién es
cada cual, pero sus nombres se resbalan por mi mente
y sus rostros parecen arremolinarse juntos.

Halmoni es muy popular aquí. Todo el mundo la
conoce. Todo el mundo la adora. Y yo no tengo ni
idea de quiénes son estas personas.

Después de unos veinte minutos, Sam me arrastra
al pasillo de los cereales para escondernos allí.

—Halmoni nos engañó —me dice—. Ésta no es
una vuelta rápida para comprar comestibles. Esto es
todo un *acontecimiento*.

—La abuela conoce a todo el mundo —digo.

—Ajá. Lo que explica el hecho de que se haya puesto tan elegante —dice Sam con una sonrisa sarcástica.

—Halmoni tiene muchos amigos —respondo yo,
mientras reviso la lista de compras. No creo que sea
un verdadero problema esperarla un poco.

Sam se sienta en el suelo.

—Hay tantas personas que no conocemos. Y todos tienen una historia que contar sobre Halmoni. Es
como si tuviera una vida secreta.

Me siento sobre las baldosas al lado suyo, apoyán-
dome contra un estante de cereales. No digo nada,
pero Sam sabe que estoy de acuerdo. Nuestra telepa-
tía entre hermanas no ha desaparecido del todo.

Recorro con los dedos las costuras de mis jeans.

—Hablando de historias… —aguardo a que Sam ponga los ojos en blanco, pero no lo hace, así que prosigo—. Halmoni me contó una historia muy extraña, algo que nunca había escuchado. Acerca de tigres.

Sam alza una ceja, en silencio me indica *Sigue*.

Respiro hondo.

—¿Recuerdas que Halmoni siempre decía que las estrellas estaban hechas de historias? Bueno, aparentemente eso es cierto. Y los tigres solían protegerlas. Pero Halmoni se *robó* algunas estrellas y las escondió en frascos o algo así. Y ahora los tigres están furiosos.

Sam frunce el ceño.

—Ésa es una historia desquiciada, Lily. Halmoni está loca.

—No está loca. No digas eso. Bueno, de todos modos, me dijo…

—¿Cuándo te contó todo eso?

—La primera noche que estuvimos aquí, pero…

Su mirada se posa en el collar alrededor de mi cuello.

—¿Y cuándo te dio *eso*?

Automáticamente mi mano vuela hacia el pecho, cubriéndolo, como si fuera algo que debería esconder.

—Ahora, justo antes de salir. Estaba hablando sobre diferentes tipos de protección.

Sam se desata los cordones de los zapatos sin una razón aparente y luego los vuelve a atar.

—No sé por qué ella nunca me cuenta a mí esas cosas.

No tenía idea de que Sam *quería* que Halmoni le contara sus cosas.

Por un segundo, considero contarle todo a Sam: contarle que vi a un tigre, algo que debería ser imposible. Y contarle que *perseguí* a ese tigre, aunque sabía que era peligroso... y que todavía no puedo explicar por qué lo hice.

Pero luego escucho una voz familiar en el pasillo adyacente.

—¿Quizá podríamos hacer muffins o cupcakes o algo así? Tal vez podemos usar la receta de mamá. ¿O los panecillos dulces que ella solía hacer?

Es la voz de Ricky.

Cuando me pongo de pie y presiono la oreja contra las cajas de cereal, Sam me lanza una mirada que quiere decir: *¿Pero qué te pasa?*

No tengo ninguna respuesta. Sé que está mal escuchar a escondidas a la gente, pero por alguna razón, no dejo de hacerlo.

Tal vez sea porque Ricky es una persona que atrae amistades. O tal vez sólo sea porque soy una curiosa. O tal vez porque Ricky estaba allí cuando vi al tigre.

Camino de puntillas por el pasillo hasta llegar al final. Hay un gran estante de Lucky Charms, con un centenar de cajas de cereales apiladas y un letrero que dice: ¡COMPRA DOS, LLEVA UNA GRATIS! y lo uso como escudo espía. Me asomo con disimulo por el costado.

Invisible, me digo, invocando con todas las fuerzas mi superpoder.

Ricky camina por el pasillo con un hombre que supongo que es su padre, porque parece su versión adulta: el mismo cabello castaño desordenado, los mismos ojos azules grandes. Me pregunto si el bisabuelo de Ricky también tendría un aspecto así. El cazador de tigres.

Sam me hace un gesto de reproche, confundida por lo que está pasando, y me sigue hasta el final del pasillo.

—¿Lily? —pregunta, pero le pido que guarde silencio, y entonces se me une en el espionaje.

—¿Quién es ése? —susurra.

Sacudo la cabeza para indicarle que se quede callada, pero me da un codazo en las costillas. Sam es incapaz de ser invisible.

—Lo conocí en la biblioteca —le digo, en la voz más baja que me sale.

Sam hace un sonido estilo *hmm*, un sonido que quiere decir que ella sabe algo que yo desconozco, lo cual es irritante, pero no le hago caso. Estoy ocupada escuchando a escondidas.

—A Connor le *encanta* esa receta —está diciendo Ricky. En ese momento está mirando a su padre con una especie de desesperación, pero éste no le presta atención—. ¿Te conté de la vez que yo la preparé y él se comió *cuatro porciones completas*? No, no fueron cuatro. En realidad, fueron seis. Después de eso le dio un tremendo malestar y vomitó todo y….

—Cállate Ricky —dice su padre, al tiempo que se masajea las sienes.

Tengo la extraña sensación de estar hundiéndome en el suelo. Éste es un momento familiar muy incómodo. Debería ocuparme de mis propios asuntos.

—Tal vez no deberíamos… —murmura Sam, pero yo sigo mirando.

El papá de Ricky empuja un carrito del supermercado al tiempo que revisa los productos enlatados y Ricky trota a su lado.

—Pero papá, estoy casi seguro de que te conté esa historia. ¿Te acuerdas? Eso fue cuando estábamos en el lugar de los juegos láser y…

—*Ricky* —su papá explota, de forma tan ruidosa que Sam y yo nos apartamos un poco del estante de los cereales.

Ricky mira a su padre con el rostro abierto y esperanzado, como si no cayera en cuenta de que está enojado con él.

—Y le disparé justo en el pecho. Solamente con el láser. Así que no es algo que pudiera dolerle, y entonces…

—¿Te podrías *callar*?

Las palabras pasan como un eco a través de todo mi ser. Siento la crueldad de esas palabras en el centro del pecho, oprimiéndolo.

Sam me jala de una manga.

—Vamos —susurra.

Miro por encima de su hombro y descubro a Halmoni al final del pasillo, con la canasta repleta, haciéndonos gestos. Señala su reloj y hace mímica para indicar que es hora de marcharnos y que la lluvia está en camino. Ya el local está casi vacío, y ella está preocupada por la lluvia.

Gaja, masculla Halmoni. O sea, *Vámonos*.

Pero ahora no puedo irme. Si me quedo me voy a sentir mal. Pero si me voy, me sentiré aún peor. Me aproximo al anuncio de los cereales Lucky Charms y me aprieto contra él.

Veo que Ricky ha dejado de caminar; tiene los labios congelados en mitad de una sonrisa incipiente, pero los ojos completamente abiertos y el dolor reflejado en ellos. Su sonrisa desaparece lentamente, y se queda mirando fijamente sus zapatos.

Me inclino otro poco, No conozco a este chico, pero comprendo bien esa sensación. Quisiera avanzar hasta donde está él y decirle: *Yo te veo*.

Quisiera…

Sólo que ya no me queda tiempo de desear ninguna otra cosa porque justo en ese momento me estoy yendo de bruces.

El estante de los cereales se viene al suelo, y yo termino encima del expositor de cartón, extendida en el suelo frente a Ricky y su padre y el resto de compradores en el supermercado: rodeada de cajas de cereales.

—Ay, por favor —dice Sam, retrocediendo y alejándose de mí, como si la vergüenza fuera contagiosa.

Desde el fondo del corredor, Halmoni se apresura hacia mí, pero su prisa no se refleja en la velocidad de su paso, y yo sigo allí tirada en el suelo.

Levanto la mirada en dirección a Ricky, quien a su vez me mira desde lo alto, con una expresión de asombro.

Pestañea.

—Te conozco —dice.

—Ehhh —respondo. Sacudo los hombros con un gesto que quisiera dar a entender algo así como *¡Hey, hola, mira qué coincidencia encontrarte justo aquí!* Pero tal vez sea algo más parecido a un *Te estaba espiando y escuché cuando tu papá te dijo que te callaras y ahora estoy aquí tirada en medio de las cajas de cereales.*

—¿Te encuentras bien? —pregunta el papá de Ricky, con un semblante tanto de estupor como de preocupación.

Indico que sí con un gesto de cabeza.

—Sí, muy bien. Sólo estaba… estaba decidiéndome si quería o no cereal. Pero… no creo… que vaya… ¿será que sí llevo?

La sonrisa de Ricky reaparece, desplegándose lentamente a través de su rostro. Una sonrisa que da a entender algo así como *¿Qué diablos está haciendo ella?* Pero en todo caso es una sonrisa.

Sam resopla, lo que me parece muy rudo de su parte.

Me pongo de pie y me aclaro la garganta.

—¡Adiós! —les digo.

Estoy más que lista para salir huyendo en ese mismo instante, pero Halmoni finalmente ha llegado hasta donde estoy y me detiene.

Pasa la mano por mi cabello —que probablemente está hecho un desastre—, y les sonríe a Ricky y a su padre.

—¡Hola, chicos!

El padre de Ricky se aclara la garganta.

—Hola, Ae-Cha.

Halmoni le sonríe y señala el estante de cereales.

—¿Puedes ayudar a arreglar eso, por favor?

El papá de Ricky avanza desmañadamente y levanta el estante de cartón. Éste vuelve a caer al suelo. Supongo que arruinando de una vez por todas su capacidad de… ser un estante.

—Lo siento —musito.

—Todo es bien —dice Halmoni—. Acomodemos.

De modo que allí estamos los cuatro: Sam, Ricky, su padre y yo trabajando juntos, acomodando las cajas.

Es una sensación increíblemente incómoda. Quisiera desaparecer; ellos *no saben* que los estaba escuchando a escondidas, pero es algo obvio, ¿verdad?

Cuando terminamos, Halmoni posa la mano sobre el hombro del papá de Ricky.

—Gracias —dice—. Siempre es bueno poder ayudar a otros cuando necesario.

Se da la vuelta hacia Ricky.

—Verás. Tuve dificultad aquí y tu papá me dio ayuda. Algunas veces padres y abuelos necesitan ayuda también.

Sam y yo intercambiamos una mirada. Ahora no es el momento más indicado para una de las lecciones de vida de Halmoni.

Girando en dirección al padre, Halmoni dice:

—Y cuando Ricky tenga dificultad, usted le ayuda. Siempre recordar ayudarnos unos a otros. Ustedes ambos buenos chicos, y tienen tiempos difíciles. Yo lo sé. Pero cuando tengan tiempos difíciles deben unirse, no distanciar uno del otro. ¿Comprendido?

Halmoni resplandece con una mezcla de fiereza y bondad. Es como si estuviera encendida desde adentro, como si tuviera estrellas brillando en su interior.

Y en ese momento caigo en cuenta: ella se ha enterado de todo. Tiene que ser así. No estoy segura de cómo pudo haber escuchado la conversación entre ellos dos, pero sea como sea, se enteró.

Tanto Ricky como su papá asienten, y el señor luce un tanto avergonzado. Yo creo que él sabe que no actuó bien. Ricky se me queda mirando, y yo alzo los hombros, como si no tuviera idea de lo que Halmoni está haciendo.

Pero de verdad, entiendo la situación. Habría querido decirle a Ricky *Te veo*, pero Halmoni está hablando con su padre. Como si le estuviera diciendo, *Te veo*, y *veo la forma en que a veces* puedes *comportarte*.

Aunque la fiereza de Halmoni no tenga nada que ver con nuestro plan de protección contra el tigre, no puedo evitar pensar que se trata de una reacción suya que yo necesitaba ver. Esto es parte de su historia.

13

Sam aguarda a que estemos en el auto, ya en el camino de vuelta a casa, para empezar a reír a carcajadas.

—No puedo creer que te hayas *caído* así. Fue alucinante.

—Gracias —le respondo, en el mismo tono sarcástico que aprendí de ella.

Sigue riendo y yo sacudo la cabeza, pero ahora que pasó, no parece tan terrible después de todo.

—Y luego *Halmoni* —continúa Sam, volviéndose hacia la abuela, quien está encorvada y mira la carretera con los ojos entrecerrados. La abuela no se había equivocado. De un momento a otro empezó a llover y, por culpa de mi desastre con los cereales, terminamos atrapadas en medio de un aguacero. Me siento un poco mal porque sé que Halmoni no quisiera estar conduciendo bajo la lluvia. Pero no es grave. No estamos muy lejos de casa.

—¡No puedo creer que hayas hecho que esos tipos te ayudaran, para luego darles semejante sermón! —dice Sam.

Halmoni asiente.

—Cuando suceder algo malo, lo solucionas.

No logro descifrar si lo malo fue haber derribado las cajas de cereal, o lo que le dijo a Ricky su papá, o tal vez ambas cosas.

Sam se encoge de hombros.

—Lo que digas, pero honestamente, ese hombre se portó como un idiota. Fuiste mucho más amable de lo que él se merecía.

Halmoni le echa un vistazo a Sam, luego a mí, con ojos serios antes de decirnos:

—Cuando era muy pequeña, antes de que mi mamá marchara, me dice algo importante. Dice, Ae-Cha, aprende esto: todo el mundo tiene en sí mismo bondad y maldad. Pero a veces las personas se concentran tanto en las historias tristes y asustadoras en la vida que se olvidan de las buenas. Cuando eso sucede, no dices a ellos que son malas personas. Eso sólo empeora cosas. Mejor les recuerdas las cosas buenas.

Le doy vueltas a sus palabras en la cabeza.

—¿Es por eso que las historias tristes son peligrosas? ¿Porque hacen que la gente sea mala?

Halmoni comienza a responder, pero un ataque de tos le roba las palabras y un estremecimiento recorre su cuerpo.

113

Tal vez sea a causa de las gotas de lluvia que golpean el parabrisas y de la luz del atardecer que se va desvaneciendo: pero noto que la abuela se ve pálida. Su piel tiene manchas.

Se estremece de nuevo, y Sam pasea su mirada entre Halmoni y la carretera, Halmoni y la carretera.

—¿Halmoni? —le pregunta. Pone la mano en su hombro y está a punto de decirle algo, cuando el auto también se estremece. Sam se aferra al apoyabrazos—. ¿Qué ocurre? Halmoni? ¿Estás bien?

Halmoni no responde. Mira hacia el frente, meneando levemente la cabeza.

Sigo su mirada… y veo al tigre.

Está justo en frente de nosotros, con los ojos fijos en los de Halmoni. Y algo de lo más extraño: es como si no estuviera lloviendo alrededor del tigre. No se moja, como si tuviera una burbuja protectora a su alrededor dentro de la cual la lluvia se niega a caer.

Me vuelvo hacia Halmoni y me doy cuenta de que ella también lo está viendo.

—Todavía no —masculla, con los ojos mirando fijamente hacia el frente—. No estoy lista todavía.

Con el corazón latiendo a toda prisa, introduzco la mano en el bolsillo, buscando la artemisa.

Halmoni da un bandazo brusco. Las ruedas del auto patinan bajo la lluvia y el cinturón de seguridad me lastima el hombro. El auto se abalanza hacia la cuneta y Sam grita y creo que yo también. Cuando nos detenemos, resollando, jadeando, ni siquiera puedo ver bien.

—¿Halmoni? —pregunta Sam de nuevo, pero la abuela comienza a toser incontrolablemente. En el espejo retrovisor todo su rostro se arruga como la semilla de una ciruela amarga.

Un instante después, Halmoni sale del auto y no podemos detenerla. Abre la puerta y avanza cojeando al costado de la carretera, agarrándose el estómago, encorvada. Cae de rodillas y su cuerpo tiembla mientras sigue tosiendo.

Sam y yo salimos corriendo del auto y busco por todas partes al tigre, pero ya no está.

Halmoni vomita sobre la hierba y yo me aprieto el pecho con los brazos.

Lo que tiene es más que un virus.

Me quedo en la cuneta, bajo la lluvia, paralizada mientras observo a la abuela. Cuando sucede algo malo, se supone que debemos solucionarlo, pero ¿y si no hay nada que podamos hacer?

Cuando Sam se vuelve hacia mí, su cara está blanca como la luna y tiene los ojos muy abiertos.

—¿Qué hacemos? —pregunta, lo cual no es justo porque se supone que ella debe saberlo. Se supone que las hermanas mayores no deben asustarse. Las hermanas pequeñas se asustan y luego las hermanas mayores las confortan y les dicen: *Todo está bien, yo seré la luna.*

—En serio, ¿qué *hacemos*? —repite, como si al decirlo más alto pudiera exigir una respuesta del universo.

Halmoni jadea, un sonido burdo y pesado, y trato de no escucharlo.

—¿Deberíamos llamar a la línea de emergencia? —digo, sólo que me sale como una pregunta.

Sam niega con la cabeza.

—No se llama a esa línea por un vómito.

Pero no parece estar tan segura. Sostiene en la mano su teléfono, mirándolo fijamente, como si quisiera que tomara la decisión por ella.

—Haz algo —le susurro. Y Sam me devuelve la mirada, con los ojos muy grandes y la mano temblorosa.

—Mamá —jadea Halmoni—. Llamar a su mamá.

Sam marca y diez minutos después los neumáticos de mamá patinan ruidosamente en la carretera detrás de nosotros. Estaciona justo detrás del auto de Halmoni… y nos salvamos de tener que salvar a nuestra halmoni.

Todavía está con la ropa de la entrevista de trabajo, todavía en modo de trabajo, y nos grita mientras corre para ayudar a Halmoni a levantarse.

—¿Qué está pasando? ¿Qué hacen aquí? ¡Se supone que ella no debe conducir! ¿Por qué no me llamaste antes, Sam? ¡Te dije que me llamaras si había algún problema!

Sólo que en realidad no nos está hablando a nosotras porque está ocupada con Halmoni. Limpia suavemente sus labios con un pañuelo desechable y le frota la espalda.

Solía hacernos eso a Sam y a mí cuando nos enfermábamos.

Sólo que nosotros somos las hijas. Y Halmoni es su mamá. Así que todo está al revés.

Mamá saca una pastilla de su bolso e intenta deslizarla en la boca de Halmoni. Ella se da la vuelta, protestando, pero mamá insiste.

Me vuelvo hacia Sam en busca de respuestas, pero Sam no me ve. Está demasiado ocupada mirando a Halmoni, mordiéndose la uña del pulgar con tanta fuerza que temo que pueda empezar a sangrar.

—Necesito llevar a Halmoni al hospital —dice mamá—. Sam, ¿puedes llevar a Lily a la casa?

Sam está congelada. Ni siquiera puede responder.

Mamá maldice.

—Está bien. Está bien. Primero las dejo en casa. Estamos lo suficientemente cerca. Todas al auto. Nos vamos ahora mismo.

Sam y yo nos sentamos en el asiento trasero del auto de mamá sin pensarlo un segundo, y mamá acomoda a Halmoni en el asiento del acompañante.

—¿Halmoni está bien? —pregunto.

Mamá no responde, así que clavo la mirada en la ventana. En lo alto, las primeras estrellas se asoman en el cielo del atardecer y les dirijo una pregunta silenciosa: *¿Qué puedo hacer?*

Las estrellas parecen bailar mientras seguimos avanzando, y aunque están a muchísimos años luz de distancia, casi puedo escucharlas, cantando sus historias.

¿Qué puedo hacer?, pregunto de nuevo.

Me dirigen un guiño. *Soluciónalo.*

14

Despierto en medio de la noche. Sam todavía duerme. Se quedó despierta hasta más tarde que yo, esperando que regresaran mamá y Halmoni. No sé si ellas volvieron a casa.

Y no puedo soportar el no saberlo. No puedo soportar sentirme impotente: como si tuviera que solucionar las cosas, pero no supiera cómo hacerlo.

Bajo silenciosamente las escaleras. Mamá está durmiendo en el sofá y abro un poquito la puerta de la habitación de Halmoni. Está adentro, envuelta en un capullo de sábanas de seda y siento un vértigo de alivio. Halmoni está bien. Presiono mi mano contra la pared para evitar caerme. Quiero acercarme a la abuela, pero no logro sacarme de la cabeza su imagen en aquella cuneta de la carretera. Un remanente de temor se asienta en mi pecho.

Por ahora me contento tan sólo con saber que está bien. De modo que cierro la puerta.

Mientras lo hago, la casa gruñe, fragmentando la noche silenciosa. Las sombras danzan a mi alrededor.

Y detrás de mí, alguien dice:

—Hola, Lily —es una voz femenina grave. Siento que me raspa las orejas como si fueran garras sobre papel de arroz—. He estado buscando a tu familia durante mucho, mucho tiempo.

Me doy la vuelta, tratando de ubicar el origen de la voz.

Pero no hay nadie más en la habitación excepto mamá, que todavía está durmiendo.

Mi corazón de conejo entra en pánico, golpeando contra las costillas como si quisiera darse a la fuga.

—Oye, calma, calma. No soy tan temible.

La voz parece provenir de todo lo que me rodea, incluso de mi interior. Resuena en mi pecho.

Las sombras en la cocina comienzan a tomar forma, desplazándose y estirándose. Y luego se juntan, formando una figura. La sombra gigantesca da un paso adelante, hacia la luz de las estrellas, y se convierte en el tigre: tan grande como un automóvil, ocupando todo el pasillo.

—Puedes hablar —le susurro. Y luego, sin haberlo pensado, agrego—: Y eres una chica.

Aprieto los labios con fuerza, porque ¡qué ridículo haber dicho eso!

Se burla.

—Típico. Los humanos escuchan una historia sobre un tigre macho, y creen que todos somos iguales. Los humanos son lo peor que hay.

Da un paso hacia mí y al instante retrocedo. Mis omóplatos se clavan en la puerta de Halmoni.

Quizás estoy atrapada en uno de esos sueños muy elaborados: pero no lo creo. Siento el frío en el aire, la sensación de piel de gallina en el brazo, la madera combada bajo mis pies y el pinchazo en los hombros cuando los presiono hacia atrás.

Los sueños no están hechos de detalles. ¿Y las pesadillas?

Miro a mamá en el sofá, pero sigue roncando.

—No te preocupes —dice el tigre—. Tu madre no nos va a importunar.

Todo mi cuerpo se contrae, pero el tigre pone los ojos en blanco y dice:

—Ella tiene el sueño muy pesado.

Una parte nada pequeña de mi cerebro grita: *¡Estás hablando con un tigre! Un tigre te está hablando. Desde luego que esto es imposible.*

Me siento un poco mareada.

—Vete —le digo.

El tigre se acerca, moviendo la cola hacia delante y hacia atrás. Inclina la cabeza y mueve una oreja.

—¿Por qué eres tan hostil, Pequeña Eggi? Para tu información, no pienso comerte. Estoy siguiendo una dieta *kimchi*.

Lo observo con atención. Éste es el monstruo sobre el cual me advirtió Halmoni.

El tigre emite un sonido a medio camino entre un ronroneo y un gruñido.

—Tu halmoni robó las estrellas y yo estoy aquí para recuperarlas. Eso es todo. ¿Me ayudarás, pequeña?

Mi boca está tan reseca que apenas puedo formar la palabra, pero me las arreglo para hacerlo.

—No.

Suspira.

—Ustedes, los humanos, comprenden tan poca cosa del mundo, y tu halmoni no es capaz de entender lo que ha hecho. No ve aquello que la está perjudicando. Yo sólo quiero ayudarla. Confía en mí.

Niego con la cabeza, porque Halmoni me dijo que no confiara en los tigres. Y está bastante claro que el tigre le está haciendo daño a ella. Estaba en la carretera cuando Halmoni se enfermó. El tigre la asustó.

Pero aquel felino enorme continúa hablando:

—La magia de las historias es poderosa, lo suficientemente poderosa para cambiar a alguien. Y cuando una historia está encerrada, su magia no hace más que crecer. A veces se vuelve amarga. Y entonces la magia se convierte en una especie de veneno. ¿Entiendes?

Me niego a responder. No dejaré que me enrede el corazón con mentiras.

—Lily Bean, si me devuelves esas historias, tu halmoni se sentirá mejor. Si permanecen encerradas, las historias la van a enfermar. La van a… —sus dientes destellan— la van a carcomer por dentro.

—Estás mintiendo —le digo, pero mi voz se quiebra.

—Estoy ofreciendo un trato. Ayúdame a encontrar las historias, las devuelvo a su lugar en el cielo y nunca más tendrás que pensar en ellas. Yo recupero mis estrellas y nosotras ayudamos a tu halmoni. Ni siquiera tienes que escuchar las historias. Todos salimos ganando —el tigre cambia su peso de un lado al otro del cuerpo, una pata a la vez, y su pelaje brilla a la luz de las estrellas—. ¿No quieres convertirte en una heroína?

Aquí está la parte más preocupante del asunto: algo muy dentro de mí dice que sí. Nunca soy la heroína, no como lo es Halmoni, y una parte de mí quiere serlo.

Me muerdo el labio para que no se me escape el sí.

—Deberías saber —su voz es tan profunda que vibra a través de mi cuerpo—, que ésta es tu única oportunidad de ayudar a tu halmoni. No volveré a hacer este ofrecimiento.

Halmoni me dijo que tuviera cuidado, y la sola idea de hacer un trato con el tigre me está destrozando el estómago. Pero hay tantas cosas que Halmoni no me dijo. Hay tantas cosas que ha mantenido ocultas: tantas cosas que quiero saber.

¿Y si el tigre tuviera razón? ¿Y si estas historias de estrellas robadas estuvieran enfermando a Halmoni?

Me quedo petrificada, atrapada en mis propios pensamientos. Éste es mi problema. Por eso es que Sam me llama CATYC. Tengo tanto miedo de dar una respuesta incorrecta que no respondo nada.

Los segundos parecen estirarse mientras el tigre espera. Luego sacude la cabeza de un lado a otro y empieza a desvanecerse entre las sombras.

—Tenía la esperanza de que me sorprendieras.

Pienso en Halmoni esta noche, y en lo impotente que me sentí, y en lo mucho que necesito solucionar esto.

—¡Espera! —grito—. ¡Lo haré!

Pero he respondido demasiado tarde. Las rayas del tigre se confunden con la oscuridad y desaparece del todo.

15

Naturalmente no puedo dormir después de eso. Me siento en la cama, mordiéndome las uñas, mirando por la ventana hasta que sale el sol, hasta que escucho un ruido extraño en el piso de abajo: como murmullos a través de las paredes.

El sonido persiste y me inclino hacia delante, esforzando los oídos al máximo. Esta casa está llena de ruidos. Bajo de puntillas las escaleras. Podría ser el tigre, y si así es, tengo que aceptar su oferta. Aunque todavía no estoy segura, aunque tengo miedo.

Pero no hay ningún tigre.

Cuando termino de bajar, sólo veo a mamá y a Halmoni, sentadas en el dormitorio de la abuela con la puerta abierta apenas un par de centímetros, hablando tan bajo que sus palabras son tan sólo una mezcla de cuchicheos y siseos.

—Nadie me ha ofrecido todavía —dice mamá—. Sigo buscando. Pero sucederá pronto. Estoy optimista.

—Conseguir trabajo será algo bueno —dice Halmoni—. Es cosa buena para ti.

—Buena para *nosotras,* quieres decir —rectifica mamá.

—Buena para ti y las chicas.

—No digas eso —exclama mamá. Su voz se quiebra y apenas puedo escucharla—. Todavía tenemos tiempo. Y puedo ganar aún más tiempo.

—No, no. Tú no preocuparte por eso —dice Halmoni. Percibo ese tono de regaño en su voz, el que siempre emplea cuando habla con mamá. Pero también hay algo más. Algo más suave—. Y no hacer esa cara de preocupación. Te van a salir arrugas.

—Mamá…

—¿Estás usando protector solar? Protector solar ayuda para arrugas.

—*Mamá…*

—¿Y sombrero? Sombrero también ayuda.

—¡Mamá! No necesito sombrero. Te necesito a ti —la voz de mamá flaquea. Cuando vuelve a hablar, su voz es muy tenue—. Por favor, tan sólo prueba otros tratamientos. No te rindas.

Tratamientos. Hospitales. Ganar más tiempo.

Una comprensión se instala en mis entrañas: un entendimiento que no puedo expresar con palabras.

La suavidad de las palabras de Halmoni se evapora.

—¿Tú piensas que simplemente me rindo? ¡No! No me quiero ir. No quiero dejarte. No estoy lista.

Pero no soy yo quien decide. Única cosa que decido es cómo estar *ahora mismo*. Así que no me quites eso.

Nunca había escuchado hablar a Halmoni con ese tono tan alterado. Ella es fuerte, feroz y amable. Pero ahora ha cambiado. Hay un aspecto temible en ella, como si hubiera un tigre escondido debajo de su piel, esforzándose por salir.

Escucho otro sonido extraño y es tan fuera de lugar que al principio no lo reconozco. Hasta que caigo en cuenta: mamá está *llorando*.

Pero mamá nunca llora.

—Joanie —dice Halmoni en voz baja—. Tú ser fuerte, por el bien de las chicas.

Mi estómago se retuerce. No debería estar escuchando esto. No *quiero* escuchar esto.

—No puedo hacerlo—susurra mamá—. No otra vez. No después de Andy. No puedo ser fuerte *otra vez*.

—Yo sé que puedes —dice Halmoni—, porque eres mi hija.

Retrocedo unos pasos en las escaleras, ocultándome entre las sombras. La enfermedad de Halmoni debe ser realmente grave si mamá está llorando.

Desearía ahora que realmente fuera el tigre el que estuviera abajo. Porque la verdad es que esto causa más temor que cualquier tigre.

Cuando mamá por fin sale del dormitorio, automáticamente invoco mi invisibilidad. Pero luego cambio de opinión. No quiero estar sola.

Cambio el peso de un pie al otro, y cuando las escaleras crujen bajo mis pasos, mamá levanta la vista.

—Oh —dice cuando me ve—. Oh.

—¿Halmoni está bien? ¿*Tú* estás bien? —pregunto en voz muy baja.

Los ojos de mamá siguen rojos.

—¿Nos escuchaste hablar?

Cuando no respondo, mamá abre los brazos y yo bajo corriendo los escalones. Me aprieta en un abrazo y, mientras toma aire, siento cómo se estremecen sus pulmones.

—Ella va a estar bien. No te preocupes. Todo va a estar bien —luego se endereza, se reacomoda—. ¿Quieres un té? ¿Desayunar algo? Te puedo preparar cualquier cosa que quieras.

—Quiero saber qué está pasando —intento sonar fuerte, pero mi voz sale muy pequeña.

Mamá juguetea con sus gafas.

—Halmoni está enferma, Lily. Pero todavía tenemos esperanzas, ¿de acuerdo? Estoy buscando un nuevo empleo, así que eso debería proporcionar dinero para tratamientos especiales. E incluso si no recurrimos a esos tratamientos, haremos... podemos asegurarnos de que esté más cómoda.

—¿Qué tipo de enfermedad? —pregunto, aunque ya sé que es del tipo *malo*.

Mamá hace una mueca y luego me atrae hacia el sofá. Caigo junto a ella, hundiéndome en los cojines. Por una vez, no está lloviendo. Unos alegres rayos de sol se filtran a través de las ventanas, como si el clima se burlara de mí.

—Halmoni tiene cáncer de cerebro —dice mamá.

Por un par de segundos se me entumecen las entrañas como si fueran de hielo. No siento nada excepto frío y un peculiar cosquilleo.

—Lily, ¿me escuchaste?

Me quedo muy quieta, como si fuese posible ocultarme del dolor. Como si la verdad fuera un tigre y, si me quedo inmóvil, tal vez no me encuentre.

—¿Cariño?

Sólo que supongo que no puedo ocultarme por mucho tiempo, porque ese cosquilleo extraño se vuelve irregular, como vidrios rotos. Asiento con la cabeza adolorida. Intento decirlo en voz alta, *cáncer de cerebro*, pero no puedo.

Mamá continúa hablando.

—Eso es lo que está causando los síntomas que probablemente has visto: las náuseas, la paranoia y todos los... Bueno, a veces con este tipo de enfermedad, los pacientes pueden tener, eh, alucinaciones.

—¿Alucinaciones?

—Lo que te estoy diciendo es mucho. Entiendo cómo te sientes. Quiero que sepas que estoy aquí para lo que necesites.

—¿Qué tipo de alucinaciones?

—Ay, Lily —Su mirada se suaviza y me agarra las manos—. No es algo demasiado terrorífico. Sólo son cosas pequeñas. Confunde los sueños con la realidad. Por ejemplo, creer que el sótano se inundó, cosas así.

Eso explica por qué el sótano estaba tan seco. Pero en cuanto a lo otro: yo también vi al tigre. Sé que era real.

—¿Y si hubiera una manera en que yo pueda ayudar? —pregunto.

—Oh, Lily. Deja que yo me encargue de esto. Y tú no te preocupes. Sólo pasa todo el tiempo que puedas disfrutando de tu halmoni y haciéndole compañía. Por eso nos mudamos aquí. Para que ustedes, chicas, puedan disfrutar de su compañía.

Mamá me aprieta las manos.

—Anoche hablé con Sam de todo esto, cuando ya estabas dormida, de modo que si eso te ayuda, puedes hablar del tema con ella. Esto no será algo sobre lo cual se converse una sola vez. Es un diálogo continuo, y yo estoy aquí en todo momento para responder cualquier pregunta que tengan.

Las preguntas trepan por la garganta y se agolpan, pero no creo que mamá tenga las respuestas. La misma

Halmoni lo dijo: mamá no cree en las historias. Su mundo es pequeño.

Pero sé que hay una manera de ayudar: algo que mamá no ve o no puede ver.

El tigre puede curar a Halmoni.

Antes no fui lo suficientemente valiente para confiar en la magia del tigre. Pero esta vez lo seré.

Esta vez, estaré lista. El tigre dijo que no vendría a verme de nuevo, así que tendré que ir a buscarlo.

Afortunadamente, conozco a una familia de cazadores de tigres.

16

Entusiasmada por la energía del Nuevo Plan, corro escaleras arriba para decírselo a Sam. Acaba de despertar; está sentada en la cama con su computadora portátil apoyada en las rodillas, envuelta en el resplandor de la pantalla.

Corro hacia ella y cierro su portátil, con un movimiento brusco como se cierran las mandíbulas de un tigre.

Echa los dedos hacia atrás y me mira fijamente, con los ojos abiertos de par en par, pero antes de que se enoje, le digo:

—Sam, podría haber una manera de que Halmoni se mejore. En la historia que ella me contó…

—No —interrumpe Sam. La palabra golpea contra mi pecho, pesada y fría—. No en este momento, por favor. Simplemente no estoy de humor ahora mismo para escuchar historias. Las historias quieren que creas que la magia es real y… simplemente, no lo es.

—En realidad... —tengo miedo de lo que dirá cuando se lo cuente, pero no quiero guardar este secreto para mí sola—. No estoy segura de que sea sólo una historia.

Suelta una exhalación.

—Lily, ¿de qué estás hablando?

—Yo creo que... un tigre, como el de la historia... en realidad vino a buscarme. Y me habló. Y ese mismo tigre estaba ayer en la carretera, cuando Halmoni... ya sabes.

Se queda en silencio durante tanto tiempo que creo que tal vez también haya visto al tigre. Tal vez había pensado que era la única y ahora se siente aliviada.

Pero luego dice:

—Tienes que dejar de hablar disparates. Ésta es una especie de reacción de estrés mental, o algo así. Lo que estás diciendo es imposible.

—Las cosas sólo son imposibles si uno *cree* que son imposibles. El tigre...

—¡Lily! —dice, jalando el mechón blanco de su cabello—. Ya no insistas con el tema del tigre, ¿de acuerdo? Están sucediendo cosas difíciles en la vida real en este momento. No empeores la situación.

¿Dónde está la Sam que vi en el supermercado? ¿La hermana que quería escuchar las historias?

Debería haber sabido que aquello no iba a durar mucho.

—Sí, tienes razón —miento—. Probablemente lo imaginé. Adiós.

Me aparto de ella mientras cambio mi pijama por unos jeans y una camiseta. Puedo encontrar a Ricky. Puedo aprender a cazar un tigre. Y no necesito la ayuda de Sam.

—Mmm —dice Sam—. ¿Adónde vas?

—A ninguna parte.

—Espera —dice Sam, mientras finjo no escucharla y me precipito como un rayo por las escaleras. Le digo a mamá que voy a salir, que no quiero hablar más. Me dice que espere, pero no la escucho.

Corro hasta llegar a las pesadas puertas de la biblioteca y luego respiro profundamente un par de veces para poder estabilizarme.

Tengo que hacer esto. Halmoni me necesita.

Agarro la manija grande, abro la puerta de un tirón y entro.

Joe está sentado frente a su escritorio y supongo que no quiere hablar, pero me detiene cuando paso.

—Lily —se aclara la garganta, a medio camino entre un gruñido y una queja—. Sólo quería decirte que tuviste una buena idea.

—Ah —digo, sin aliento. No tengo idea de qué está hablando. Por un segundo pienso que descubrió mi plan del tigre, pero por supuesto eso es imposible.

Su bigote se retuerce cuando habla.

—Jensen me dijo que habías sugerido una venta de pastelillos. No estoy seguro de cuánto dinero se recaudaría realmente, pero parece una buena manera de involucrar a la comunidad.

—Ah —repito. Cuando sugerí vender los pastelillos, no me di cuenta de que Jensen me había tomado en serio—. Qué bueno.

Asiente de una manera que da a entender: *Esta conversación se terminó.*

—¿Están Ricky y Jensen hoy? —pregunto.

Hace un gesto hacia la parte de atrás de la biblioteca y me abro paso entre los estantes de libros hasta que llego a un grupo de mesas. Ricky y Jensen están sentados juntos, con un cuaderno abierto, un montón de tarjetas de estudio y una taza vacía de pudín entre los dos.

Ricky levanta la mirada y sonríe. Hoy lleva un gorro que dice BEANS, calado hasta las cejas. Y si se siente incómodo después del incidente del supermercado, no lo demuestra.

Tal vez ése sea su superpoder: las cosas desagradables e incómodas no lo afectan.

—¡Lizzie! —grita.

Me toma un segundo darme cuenta de que me está hablando, y Jensen sonríe con una expresión de disculpa en el rostro.

—Se llama Lily —corrige—. Hola, Lily, ¿cómo estás?

—Eh, bien —mis palabras salen un poco temblorosas. Ahora estoy nerviosa, pues lo que voy a preguntar
no tiene sentido. Es imposible. Y de todos modos lo
voy a preguntar.

Antes de que pueda hacerlo, Jensen dice:

—¡Quería contarte sobre la venta de pastelillos!
No quería que pensaras que te había robado la idea y
no te daba crédito por ella.

—Oh, yo no...

—¡Pero puedes ayudar a hacer volantes y a organizar y a todo lo demás! —me ofrece una gran sonrisa
y todas sus pecas se iluminan.

—Yo también estoy ayudando —dice Ricky. Luego,
en un susurro dramático, agrega—: ¡Recibiremos pastelillos gratis!

—Ah, sí, suena bien —digo.

—¡Genial! —dice Jensen—. Ricky y yo tenemos
que volver ya a la tutoría, así que...

Ricky empuja su cuaderno a un lado y se inclina
hacia el frente.

—Entonces, Lily, siéntate. Cuéntanos la historia de
toda tu vida. ¿Cuándo descubriste el amor por los tigres? ¿Cómo te sientes *realmente* con respecto a los
Lucky Charms? ¡No escatimes detalles!

—Bueno... —empiezo. Él mencionó los tigres.
Hay una abertura ahí, de alguna manera. Si tan sólo
pudiera darle un giro al tema...

—Ricky, no sigas —dice Jensen. Y luego, se dirige a mí—: Ignóralo. Sólo está tratando de escapar de la sesión de tutoría.

Los ojos de Ricky parecen salirse de sus órbitas.

—¡No, Jensen, lo digo en serio! Estoy tratando de hacer una amistad. Adam está en el campamento de verano y Connor está viajando por Italia, y es importante que yo socialice.

Jensen resopla y se echa a reír.

—*Tienes* que revisar estas fichas de estudio.

Muy pronto me van a pedir que me retire, así que interrumpo con lo primero que se me viene a la cabeza.

—Jensen, ¿podrías darme a mí también un pudín?

Abre mucho los ojos. Ha sido una rudeza de mi parte, lo sé, pero necesito un segundo a solas con Ricky.

Jensen disimula su sorpresa con una sonrisa y se pone de pie.

—Claro, Lily. Te traeré uno. De todos modos, Ricky está desesperado por un descanso *breve* —levanta las cejas en dirección a Ricky para enfatizar la palabra *breve*, luego pregunta si lo quiero de chocolate o de vainilla.

—Vainilla. Gracias —quisiera darle un fuerte abrazo pero eso podría parecer un poco exagerado sólo por un pudín.

—Otro de chocolate para mí, por favor —dice Ricky.

Jensen suspira y se dirige hacia la sala de profesores.

—La tutoría que recibo no es porque sea estúpido —dice Ricky en cuanto Jensen sale—. Simplemente es porque no soy muy hábil con las palabras. Es por eso. Ni con los números, supongo. Pero voy a estudiar para ser psicólogo. Tengo una comprensión muy *intuitiva de la psique humana* —dice, como si estuviera recitando algo leído en internet—. Soy muy bueno para leer a las personas.

—Ah —digo—. Que bien.

Tengo que llevarlo al tema antes de que Jensen regrese, pero sigue hablando.

—Ésa es la razón por la cual Jensen y yo somos tan buenos amigos. Porque ella quiere ser periodista y también necesita una buena comprensión de las personas. Ambos sabemos cómo hablar con la gente. De hecho...

—Dijiste que tu bisabuelo era un cazador de tigres —digo de un tirón.

Frunce el ceño.

—Bueno, no dije eso *exactamente*. Se supone que no debo hablar de esas cosas...

—¿Cómo lo hacía?

Ricky me mira, por primera vez en silencio.

—Quiero decir, hipotéticamente. Por supuesto no en la realidad. Pero si alguien *fuera* a atrapar un ti-gre...

Ricky asiente, tratando de encontrarle un sentido a lo que le estoy diciendo.

—Claro. Realmente te gustan los tigres, ¿no? Pero los tigres son criaturas majestuosas y están en peligro de extinción. Realmente no deberían ser cazados...

—Ah, lo sé, sí, desde luego que lo sé. No voy a cazar a un tigre. Pero si fuera a hacerlo... —estoy hablando tan rápido que temo asustarlo, pero Ricky no parece demasiado alarmado.

Se encoge de hombros.

—Bueno, realmente no conozco los detalles. Nunca conocí a mi bisabuelo y a mi familia no le gusta hablar de ese aspecto de su vida, así que ¡quién sabe!

Me invade una decepción que recorre todo mi cuerpo. Obviamente, él no lo sabe. Fue una idea estúpida de mi parte. Pensé que podría ser una heroína, que realmente podría ayudar. Pero no es así.

Intento contener en mi interior todas las emociones, para que Ricky no pueda darse cuenta, pero siento un torrente de lágrimas que crece detrás de mis ojos. Los aprieto para cerrarlos y trato de respirar.

—Oh, no —dice Ricky, moviéndose en su asiento, visiblemente horrorizado por mi reacción—. ¡Tal vez todavía pueda ayudar! ¿Te gusta cazar?

Niego con la cabeza, tratando de controlarme. Necesito salir de esta situación e ir a casa para pensar en un plan B.

—No propiamente cazar. Supongo que sólo quería saber cómo se atrapa un tigre. Pero sólo era una curiosidad. No es algo muy importante. Me marcho.

—¡Espera! No te vayas. Te ves tan... —se interrumpe, ruborizado.

—No te preocupes —le aseguro, en el mismo momento que él está diciendo...

—¡Ya sé! —busca en su mochila y saca una revista delgada y colorida. No, no es una revista. Es un cómic. Me inclino más cerca para leer el título: *Las aventuras de Superman: ¡Trampa mortal!*

Ricky sonríe.

—Podríamos hacer una trampa. Una especie de foso para atrapar a los tigres. Sería genial, ¿no crees? —abre la historieta en una página con la punta doblada y me muestra el dibujo de Superman atrapado en una caja de metal gigante y rodeado por una red de rayos láser de color rojo.

—No creo que yo pueda hacer algo así. Y por otro lado —miro atentamente la ilustración—. ¿No se supone que Superman es el bueno? ¿Acaso no escapa de esa trampa?

Ricky frunce el ceño y ahora es él quien parece decepcionado.

—Ah sí. Supongo. Sólo quería decir... —baja la mirada y vuelve a guardar la historieta en su mochila—. Lo siento, sé que esto no era lo que estabas buscando. Mi papá siempre me dice que me emociono demasiado con las cosas, y mis amigos realmente no entienden cuando hablo de cómics y esos temas, de modo que sí, entiendo si piensas que es algo extraño de mi parte.

Y ahora me siento culpable por haber causado toda esta situación.

—No es extraño. Es sólo… —me detengo antes de decir: *Simplemente no es lo que estaba buscando.*

Porque, de hecho, una trampa para tigres es justo lo que estaba buscando. Obviamente, no puedo construir una trampa con metal y láseres. Obviamente, es ridículo usar un cómic como guía práctica, pero no tan ridículo como intentar atrapar a un *tigre mágico que puede hablar.*

Ricky es alguien que hace que las cosas sucedan. Actúa sin darle tantas vueltas a las cosas. Si quiero atrapar un tigre, necesito ser más como él.

—Bueno, digamos que no tengo acero ni láseres. ¿Crees que podría construir una trampa con cosas normales?

Sus cejas se levantan.

—Espera, ¿de verdad vamos a construir una trampa para tigres?

Me aclaro la garganta.

—Bueno, yo lo voy a hacer, no nosotros, y no sé…

Se menea de un lado a otro a causa de la excitación.

—Si estás haciendo la trampa para el tigre aquí, tengo que hacerla contigo.

Niego con la cabeza. No quiero decepcionarlo de nuevo, pero...

—No creo que ésa sea una buena idea...

Se inclina y está a punto de caerse de la silla.

—Lily, *tengo* que hacerlo. Eso suena muy divertido. Y además, sé mucho más que tú. He leído tantos cómics y, además, probablemente heredé conocimientos de mi bisabuelo, transmitidos en la sangre o algo así. ¡Seré de gran ayuda!

Me muerdo el labio. No es que no quiera ser su amiga. Es sólo que la mayoría de las personas probablemente no entenderían toda la parte del tigre mágico y parlante.

—No lo sé, Ricky...

Se inclina.

—Ah, bueno, está bien, entonces. No tienes que invitarme si no quieres hacerlo.

En este momento verdaderamente estoy deseando que Jensen regrese, pero ella todavía está en la sala de profesores y yo tengo que quedarme aquí, sintiéndome muy culpable.

Quizás invitarlo no sea tan mala idea. No tengo que decirle para qué es realmente la trampa. Y tal vez sería bueno tener un poco de ayuda: de alguien que no esté tan preocupado del *porqué* de las cosas.

—Está bien —le respondo, y todo su cuerpo se vuelve eléctrico, y se sienta recto.

—¿De verdad? Estoy muy emocionado. Esto va a ser ÉPICO —hace un gesto explosivo para recalcar la palabra *épico*—. Estoy tan contento de que hayas dicho que sí. Porque ahora la idea de hacer una trampa para tigres ya está en mi cabeza y *no se va a ir*.

—Claro —le digo.

—Tengo que pasar por casa para aprovisionarme de algunas cosas después de la tutoría, pero estaré en tu casa lo antes posible. Jensen dijo que vives al otro lado de la calle, ¿correcto?

—¿Estás hablando de... hoy mismo? —pregunto—. ¿No tienes que preguntarle a tu papá?

—Oh, no se dará cuenta de que he salido. Arranca un pedazo de papel de su cuaderno y garabatea su número de teléfono, pero antes de que pueda entregármelo, Jensen regresa con el pudín.

Ricky esconde el trozo de papel en su puño, y le lanzo una mirada que significa *¡No digas nada!* Él asiente y hace la mímica de cerrar los labios con un cierre. Intenta parecer serio, pero su gran sonrisa reaparece y de hecho parece irradiar excitación.

Jensen frunce el ceño.

—¿Qué está pasando aquí?

—Nada —decimos al tiempo Ricky y yo, lo que probablemente sea un poco sospechoso.

Jensen está a punto de interrogarnos más, pero algo la detiene. Mira por encima de mi hombro y levanta las cejas. Me vuelvo para seguir su mirada.

Sam está de pie detrás de mí con los brazos cruzados sobre el pecho, mirándome con sus ojos delineados de negro. Está enojada.

17

Jensen habla primero. Sus ojos parpadean y pasan de la sorpresa a la confusión y, de ahí, a la curiosidad.

—Hola —dice—. Soy Jensen —le prodiga a Sam la misma sonrisa cálida y acogedora que me brindó a mí, sólo que con algo adicional: una mezcla de curiosidad y un esbozo de esperanza, tal vez porque Sam es de su edad. Jensen se acomoda un rizo oscuro detrás de la oreja y sus pecas de la suerte brillan.

No puedo evitar sentirme celosa, porque parece que sin siquiera intentarlo, Sam se robó a mi amiga. Ése es el problema de las personas que atraen amistades.

—Ho... hola —le dice Sam a Jensen, tartamudeando un poco—. Soy, eh, Sam —la tomó desprevenida la amabilidad de Jensen o algo así. Pero luego se vuelve hacia mí con los ojos soltando chispas. Se endereza para lucir más alta. Sam se siente muy cómoda cuando está enojada—. ¿Por qué saliste corriendo en medio de nuestra conversación? No puedes *hacer* eso.

Paso saliva, sintiendo los ojos de Jensen y de Ricky sobre las dos. Quiero desaparecer, pero mi interruptor de invisibilidad no funciona. Últimamente no ha estado funcionando bien.

—¿Por qué no me dijiste *al menos* adónde ibas? —pregunta Sam.

—Yo… —no estoy segura de qué decir. *¿Porque no podía contarte sobre mi plan secreto del tigre?*—. Tenía que venir aquí —las palabras caen a mis pies, cataplún, y se van a pique.

Un silencio incómodo se expande, hasta que Jensen exclama:

—¡Ah, te conozco!

Los ojos de Sam se abren de par en par y Jensen sonríe.

—No es por ser entrometida ni nada por el estilo. Sólo es que me pareciste familiar. Fuiste a la primaria Sun, ¿verdad? ¿Cómo hace mil años?

Sam hace una pausa. Sus mejillas se sonrojan.

—Eh, sí, por un par de años. Vivimos aquí… sí, hace… mucho tiempo. Hace siglos.

Miro a mi hermana. Nunca la había visto tartamudear de esa manera. Normalmente es muy segura de sí. Y muy… hiriente. Ahora parece de lo más blandita.

Jensen juega con sus rizos.

—Sabes, estamos haciendo una venta de pasteles para recaudar dinero para la biblioteca. De hecho, fue idea de Lily. Y eres bienvenida si quieres ayudar, si estás interesada. Puedo darte mi número y podemos coordinar.

—Sí, yo... listo. Yo tengo... sí —Sam se reajusta la camisa, aunque estaba en su sitio.

Miro a Ricky, pero está concentrado en comer su segundo pudín, completamente desinteresado en cualquier cosa ajena a ello.

Pásame tu número mientras están distraídas, le digo con la mirada.

En respuesta, señala su taza y levanta el pulgar, como si le hubiera preguntado qué tal estaba su pudín.

Respiro profundamente y exhalo con lentitud, como hace mamá cuando tiene que lidiar con Halmoni.

Jensen sonríe vivamente.

—¡Eso sería *increíble*! —dice mientras toma el teléfono de Sam y teclea su propio número. Siento una punzada de celos porque Sam acaba de obtener el número de teléfono de alguien sin ningún problema, como si todo para ella fuera tan fácil.

Jensen y Sam se miran intensamente la una a la otra durante unos segundos, y es como si Sam se hubiera olvidado de mí por completo.

Empiezo a sentirme ansiosa.

—Y entonces... —murmuro. Miro a Ricky. Silenciosamente le digo: *Dame tu número ahora, sé muy sutil.*

—¡Ah, sí! —dice Ricky. Extiende el trozo de papel y lo deja caer en mi palma. Baja la voz hasta que se convierte en un susurro, aunque no tan bajo—. Después. Sabes. Para el *plan secreto*.

Jensen luce sorprendida. Sam mira con sospecha.

Respiro hondo de nuevo y me esfuerzo por exhibir una sonrisa muy normal.

—De acuerdo, bueno, deberíamos irnos —digo.

—¡Listo! —dice Jensen—. Lo siento, no era mi intención retenerte. De todos modos, Ricky y yo necesitamos volver a la tutoría.

Ricky niega con la cabeza.

—No importa, Jensen. Veo que estás haciendo una nueva amiga. Y quiero ser *respetuoso* con este momento.

Jensen ríe, y Sam se encoge de hombros y se despide con visible incomodidad antes de apartarme de la mesa.

Ricky nos dice con la boca llena de pudín.

—¡Hasta la vista!

Me despido mientras Sam me tira del brazo para salir de la biblioteca; cuando estamos afuera, me vuelvo hacia ella y le digo:

—No necesitabas avergonzarme de esa manera.

Me mira fijamente.

—¿En serio? ¿Eso es lo que te molesta tanto? Saliste corriendo en medio de una conversación y me dejaste sola con mamá, que para empezar ya está súper estresada.

—Lo siento —murmuro, y lo digo en serio. Todavía estoy molesta con Sam, pero tiene razón en cuanto a esto.

—No sé. Lo entiendo. Yo también estoy enojada. Estoy enojada por lo que está sucediendo y me siento aún más enojada de que mamá no nos lo haya contado antes —Sam se pasa una mano por la cara—. Estar en esa casa es como estar en una prisión. A veces quiero huir.

Ojalá pudiera explicarle que no estaba huyendo. Que tengo un plan, que todo va a salir bien. Pero ella ha dejado muy en claro que no cree en la magia.

Mientras subimos las escaleras, miro la casa con los ojos entrecerrados, tratando de ver lo que Sam ve. Para mí, la casa siempre ha sido un lugar seguro. Un lugar que nos protege.

Pero creo que casi puedo entender a Sam, por la forma en que las enredaderas casi negras estrangulan la casa, por la forma en que la puerta se cierra y queda con seguro. Por la forma en que la casa está escondida, medio oculta entre los árboles. Sí, puedo verla —casi— como una prisión.

O incluso como una trampa.

18

Ricky llega en su bicicleta un par de horas más tarde, después de que mamá ha llevado a Halmoni a una cita de seguimiento con el médico. Sam está arriba, así que estoy sola en la sala, lo que quizá sea bueno, porque Rick tiene alrededor de mil metros de soga enrollada alrededor de su cintura y usa camuflaje de pies a cabeza, incluido un sombrero de copa.

—Vaya —le digo en cuanto entra.

Levanta su sombrero a manera de saludo.

—El Maestro de las trampas para tigres, a su servicio.

Pestañeo.

—¿Qué? —le pregunto.

—Sí, tienes razón. Necesitamos trabajar en el nombre —pasa junto a mí, desata la soga y la arroja al suelo de la sala. Cuando se da cuenta de mi confusión, aclara—: En mi nombre de superhéroe, obviamente.

—Claro —le digo. Me siento mal, porque sé que está disfrutando de esto y no quiero que piense que me estoy burlando de él, pero al mismo tiempo… esto no es un *juego*. Esto es algo importante. Mucho—. No creo que el camuflaje sea necesario.

Sonríe.

—No lo es. Pero es *genial*. ¿Cuál es tu nombre de superhéroe?

—No soy una superhéroe —agarro la soga, intentando cambiar de tema—. ¿Qué hacemos con esto?

Me mira de reojo.

—Bueno, está bien, pero al menos ponte esto —se quita el sombrero y lo coloca sobre mi cabeza. Luego asiente, satisfecho—. Mucho mejor.

El ala del sombrero tiene algo de sudor y me queda un poco grande.

—¿Por qué tienes un sombrero de copa de camuflaje?

Inclina la cabeza.

—¿Qué quieres decir?

De nuevo parpadeo. Después de conocerlo durante un par de días, me doy cuenta de que tiene muchos sombreros extraños. Pero quizás él no cree que son extraños. Para él, un sombrero de copa de camuflaje es perfectamente normal.

—El sombrero es muy… —estoy a punto de decir *muy raro*, pero recuerdo la expresión de su rostro en el supermercado y me detengo. No quiero que se sienta mal—. Es único —concluyo, y luego, antes de que podamos sumergirnos más profundamente en esta conversación sobre el sombrero, trato de reenfocarme—. Estaba pensando que deberíamos armar la trampa aquí. Sígueme.

Lo llevo a la puerta del sótano.

—Este lugar es tan intenso —dice, mientras examina las hierbas, los amuletos, las pequeñas estatuas y, por supuesto, las cajas y cofres, todavía apilados junto a la puerta del sótano.

—No es *intenso* —le digo, sintiéndome un poco molesta. Quizá no debería haber sido tan amable con lo del sombrero—. Es mi casa.

Se sonroja.

—Lo siento. De todos modos, me gusta. Es como estar en una tienda de segunda mano o en una casa encantada que no da miedo.

Antes de que pueda responder, los pasos de Sam crujen por las escaleras y de sopetón se detiene frente a nosotros.

—Disculpen —dice, cruzando los brazos sobre el pecho y enarcando una ceja—. ¿Por qué está él aquí y tú qué tienes puesto en la cabeza?

—Ah —digo—, éste es un sombrero de copa —la pura verdad es que no hay mucho más que decir al respecto—. Y Ricky está aquí únicamente para… leer.

Sam frunce el ceño, mirando la soga y el camuflado de Ricky antes de mirarme de nuevo a mí.

—¿Mamá sabe que invitaste a alguien?

Ricky nos mira a mi hermana y a mí, luego se aclara la garganta y sonríe a Sam.

—Hola, soy Ricky. Soy un amigo de Lily de la biblioteca.

Sam pone los ojos en blanco.

—Sí, lo sé. Te vi esta misma mañana.

Luego me lleva al dormitorio vacío de Halmoni, donde podemos hablar en privado.

—Ni siquiera me preguntaste si podías invitar a un amigo —dice. Su voz roza la exasperación.

Me encojo de hombros.

—A mamá no le importaría. Ella quiere que haga amigos.

—Sí, claro, pero no puedes hacer todo lo que se te ocurra. Tienes que *preguntar*. ¿Recuerdas la conversación que *acabamos* de tener?

—Lo siento. Simplemente apareció. Se invitó a sí mismo —le digo. Lo cual es técnicamente cierto.

—¡No seas tan básica! No soy estúpida. Sé que tienen un plan secreto. ¿Por qué llevas ese sombrero y por qué estás sosteniendo ese montón de soga? —sus ojos se entrecierran—. Esto se trata de tu extraña teoría del tigre, ¿no?

—No —miento, de manera poco convincente.

Sam frunce el ceño.

—Creo que tengo que decírselo a mamá.

Ella alcanza su teléfono, pero la agarro de la muñeca para detenerla.

—No lo hagas, por favor. Las hermanas… se guardan los secretos.

Nos miramos la una a la otra, hasta que finalmente, niega con la cabeza.

—Listo. Hagan lo que quieran. Sólo les pido que no me metan en sus asuntos.

—Ah —supongo que eso es lo que yo quería. Pero así y todo duele porque, si bien no quiero que ella me *impida* hacerlo, tampoco quiero que me ignore. Quiero que le importe.

Siento un dolor en el pecho porque deberíamos ser Sam y yo, juntas, las que construyéramos una trampa para tigres. Ésta es una historia de hermanas. Deberíamos ser *nosotras*.

Pero Sam suelta mi mano antes de salir del dormitorio y volver a subir las escaleras.

—Tu hermana parece… —Ricky pasa saliva— ¿simpática?

Lo ignoro.

—Tenemos que construir la trampa abajo.

Hace un gesto de contrariedad.

—Bueno, he buscado mucho en Google, y normalmente los fosos de tigre están en el exterior. Para que pueda ser, ya me entiendes, un foso.

Empujo la puerta del sótano para abrirla y enciendo la luz, que, por fortuna, hoy decide funcionar. Pestañea una, dos veces, luego permanece encendida, zumbando levemente.

—Sí, pero un sótano ya es como un foso.

Ricky se retuerce.

—Pero... no lo es.

—No quiero que se moje con la lluvia —digo. No puedo decirle la verdadera razón: el tigre apareció en la casa. Cree que las historias de las estrellas robadas están en algún lugar de aquí. Y el sótano es el único lugar donde mi familia no notará una trampa gigante.

La excusa es lo suficientemente buena para Ricky, y bajamos las escaleras para examinar nuestro espacio de trabajo.

—Te das cuenta —dice Ricky— que, en teoría, estarías atrayendo a un tigre *a tu casa* y luego, *a tu sótano*. Lo cual no parece ser la mejor idea.

—Es hipotético —le recuerdo. Me esfuerzo mucho en no pensar que tal vez tenga razón.

—Claro —asiente. Examina la habitación y hace crujir los nudillos—. Necesitamos hacer un foso, de alguna manera.

—Bien... —le digo, mientras pienso—. Supongo que tal vez podríamos usar algunas de esas cajas del piso de arriba. ¿Y apilarlas? Y luego, podemos usar la soga para asegurar las cajas, de modo que el tigre no pueda derribar todo. Me refiero al *hipotético* tigre, claro.

Halmoni dijo que mover las cajas en un día desafortunado podría ser peligroso. Pero ¿cómo saber si hoy es un día desafortunado o no?

—Una torre de cajas. Sí. Gran idea —dice Ricky.

Sopeso mis opciones. No puedo pensar en otra forma de hacer una trampa, así que una de dos: o muevo las cajas y espero que sea un día de suerte, o no lo hago y renuncio a atrapar al tigre.

—Sólo ten cuidado de no romper nada —agrego. Halmoni dijo que romper algo era lo peor, así que al menos puedo evitar que esto suceda.

Nos ponemos manos a la obra. Empujamos los cofres coreanos a un costado, arrastrándolos con dificultad por el piso de madera, y despejamos un camino para las cajas, que son más livianas.

Luego bajamos las cajas de cartón de Halmoni desde lo alto de las escaleras y las apilamos en el sótano. Algunas son lo bastante livianas para que podamos llevarlas una por una, pero las más grandes las llevamos entre los dos. En ese caso, bajamos lentamente las escaleras, él sosteniendo la parte delantera de la caja, yo cargando la parte trasera.

Cuando ya llevamos la mitad de las cajas y bajamos una particularmente pesada por las escaleras, Ricky dice:

—A mi mamá también le gustan los sombreros.

Me detengo y me asomo por encima de la caja grande para mirarlo.

—¿Qué?

Se encoge de hombros, cambiando el peso entre nosotros.

—No lo sé, me preguntaste por mi sombrero.

—Sí, hace media hora.

—Lo siento, no me gustan los silencios incómodos.

—Ah —digo. Me mira como si estuviera esperando más—. No creo que haya sido un silencio incómodo. Fue más uno de esos silencios ocupados.

Ríe.

—*Silencio ocupado*. Nunca antes había pensado en eso.

Damos algunos pasos más y él sigue hablando.

—Mi mamá y yo solíamos comprar sombreros juntos. Eso era algo muy nuestro. Necesitas un buen sombrero para cada ocasión, porque un sombrero especial puede hacerte sentir especial. Es la misma razón por la que los superhéroes usan capas.

Asiento, pero mi mente se queda enganchada en la palabra *solíamos*. Es parecido a lo que dijo en el supermercado: ella solía hornear panecillos. A ella le *gustan* los sombreros, en tiempo presente, pero *solían* comprar sombreros.

También noto cierta vacilación en el tono de su voz cuando menciona a su madre. Me pregunto qué significa, si tal vez sus padres están divorciados y él no la ve tan a menudo.

Pero no se lo pregunto. No me gusta cuando otras personas me preguntan de buenas a primeras por papá, y no quiero que Ricky se sienta incómodo.

—Ése es un buen punto —me limito a decir.

Llegamos al final de la escalera y comenzamos a mover la pesada caja para colocarla junto a las demás.

—Tengo una gorra antigua de vendedor de periódicos y un sombrero de fieltro color verde lima, y...

Se calla abruptamente cuando la caja de cartón se resbala de sus manos. Me tambaleo al tratar de asegurarla, pero pesa demasiado y, por segunda vez, me voy al suelo frente a Ricky.

El sombrero de copa sale volando de mi cabeza y un ruido horrible resuena en el sótano cuando la caja golpea el suelo, seguido de un ruido terrible cuando aterrizo sobre ella, arrugando el cartón y aplastando su contenido.

Es el sonido de algo al romperse.

Es el sonido de la mala suerte.

Me quedo petrificada, como si al negarme a moverme pudiera deshacer lo que acaba de suceder. Espero a que Sam baje corriendo las escaleras, pero no lo hace, y sólo estamos Ricky y yo y lo que sea que acabamos de romper.

Los ojos de Ricky están muy abiertos.

—¿Estás bien? ¡Lo siento mucho! Pensé que la tenía agarrada, pero...

—Estoy bien —digo, esforzándome por ponerme de pie—. Sólo necesito ver si rompimos algo —giro la caja hacia arriba y trato de despegar la cinta para dar un vistazo adentro, pero mis dedos siguen temblando, por lo que es difícil agarrarla. Quizá Ricky piensa que estoy siendo demasiado dramática. Tal vez piense que soy la más rara de las raras.

Se aparta el cabello de los ojos.

—¿Podrías meterte en problemas por romper algo?

—Oh, no —digo rápidamente. Pero ¿Halmoni se *enojaría*? Parecía realmente molesta cuando mamá trató de mover sus cosas.

—Ven, déjame ayudarte —Ricky se inclina para abrir la caja y yo reviso el interior.

Debajo de una envoltura de plástico de burbujas, hay una pila de ollas y sartenes.

Todo parece intacto.

El ruido debió ser producto del golpe de las cacerolas entre sí. Y el sonido de algo rompiéndose debió ser el mío, al aplastar el plástico de burbujas.

Dejo escapar una exhalación.

—Todo está bien —digo, más para mí que para Ricky.

Reorganizo los utensilios de cocina dentro de la caja, pero dentro de la olla más grande, algo llama mi atención.

Me acerco y saco parte del envoltorio. Los objetos en el interior brillan debajo del plástico, destellando con la luz.

—Vaya —Ricky toma aire mientras se inclina sobre mi hombro—. Nosotros. Encontramos. Un. *Tesoro*. Sólo que no es un tesoro. Son... frascos.

19

—Frascos de estrellas —exclamo.

Le quito la envoltura a uno; el frasco es pequeño y cilíndrico, de vidrio azul oscuro, con un corcho de plata.

Rápidamente desenvuelvo los otros para comprobar si tienen grietas, pero también están intactos. Uno de ellos es alto y delgado, de vidrio transparente con corcho negro. El otro es de color verde oscuro y de forma cuadrada.

Ricky se acerca.

—¿Qué es un frasco de estrellas?

—Mmm, nada —excepto que no es correcto decir que son nada. De hecho, podrían ser *todo*.

Halmoni dijo que había tomado las historias de estrellas y las había metido en frascos. El tigre pensaba que esos frascos estaban escondidos en algún lugar de la casa. Y Halmoni fue *superintensa* cuando dijo que había que tener cuidado con las cajas.

De modo que esto es. Éstos son los valiosos frascos. Las historias peligrosas. Tienen que serlo.

Esto es lo que quiere el tigre.

Los miro con los ojos entrecerrados, y podría ser un efecto de la luz, pero casi puedo ver algo moviéndose dentro, algo como humo. O como magia.

Por un abrumador instante, quiero descorchar los frascos y acercarlos a mi oído como si fueran conchas marinas, para escuchar la magia en el interior, rugiendo como el océano.

Tengo tantos deseos de escuchar estas historias.

—Éstos son de mi halmoni —intento mantener la voz firme—. Podemos dejarlos a un lado y se los entregaré más tarde.

Ricky se encoge de hombros como si no fueran gran cosa, y supongo que para él no lo son. Son sólo frascos. Frascos regulares, normales. Totalmente. Me muerdo el pulgar y los miro muy fijamente.

Ricky rompe el silencio.

—Entonces, ¿qué vas a hacer después de atrapar al tigre? —y luego, como si tuviera miedo de que no le responda, agrega—: En la historieta titulada *Superman: ¡Trampa mortal!*, Lex Luthor quiere torturarlo para que revele los secretos de Kriptón y también del universo…

—No es así —lo interrumpo, porque eso me hace sonar como si fuera la mala—. Esto es la vida real. Esto no es como tus historietas, ¿de acuerdo?

De inmediato me siento culpable por haber estallado de esa forma. Ricky ha sido muy amable al querer ayudarme. No es su culpa desconocer el panorama completo y si quiere hablar sobre cómics o sombreros o cualquier otra cosa, debería dejarlo en paz. En un tono de voz más calmado, agrego:

—Simplemente, esto es algo diferente.

Hace una pausa y se concentra mucho en reajustar sus pantalones de camuflaje.

—No estoy recibiendo tutoría porque sea un estúpido. En serio, no soy estúpido.

Jugueteo con mis trenzas.

—Sí, lo sé. Ya lo habías dicho en la biblioteca, y yo no creo que lo seas. Mucha gente recibe tutoría.

—Sólo digo, en caso de que estés pensando cosas. O que te cuenten cosas sobre mí —levanta un hombro como si no le importara, aunque es claro que sí le importa.

Me siento sobre una de las cajas.

—¿Que me cuente cosas *quién*? —no creo que sea preciso señalar lo obvio: no tengo amigos.

—Sí, eso es cierto —dice, sentándose en la caja contigua a la mía—. Reprobé lenguaje y comunicación el año pasado.

—Oh —exclamo.

En mi escuela en California era superdifícil reprobar una materia. Incluso si te iba mal en todas las tareas, siempre y cuando pusieras el mínimo esfuerzo, el maestro se apiadaba de ti y al menos te dejaba pasar al siguiente curso.

Tal vez la escuela aquí sea mucho más difícil, porque Ricky no parece alguien que no lo intente. Es el tipo de chico que usa camuflaje de la cabeza a los pies para una hipotética cacería de tigres. Un chico dispuesto a hacer esto, con seguridad se esfuerza en la escuela.

Tamborileando con los dedos sobre el cartón, dice:

—Pero no es mi culpa. La maestra estaba en mi contra. Me odiaba.

—Bien —le digo—. Seguro que era por eso.

Me mira sorprendido.

—¿De verdad? ¿Me crees?

Le indico que sí. Se ve tan esperanzado con lo que acabo de decir, pero el hecho es que no tengo ninguna razón para *no* creerle. Y para ser totalmente honesta, en realidad no me importa si es bueno o no en lenguaje y comunicación. Las calificaciones no se traducen en amistad.

Suspira aliviado.

—Qué bien. No quería que pensaras mal de mí. Porque en verdad no es culpa mía. De todos modos, por eso estaré recibiendo tutoría este verano. Si no apruebo un examen que debo presentar en un par de semanas, tendré que repetir sexto grado.

Intento ocultar mi sorpresa. Porque eso es algo muy importante. Y esto es lo que no digo: por lo que he visto, se relaja mucho durante sus sesiones de tutoría. Casi parece que intentara *no* aprender nada.

No es asunto mío, en realidad. Sin embargo, por alguna razón, a él le importa mi aprobación.

—Estoy segura de que pasarás —le digo.

Asiente.

—Sí. Yo también. Todo saldrá bien.

Hay un silencio incómodo y luego añade:

—¿Por qué estás haciendo esto en realidad? Quiero decir, estoy muy emocionado de ayudarte a construir una trampa para tigres falsa, pero debe haber una razón.

Me encojo de hombros y evito su mirada.

—Deberíamos ponernos otra vez manos a la obra.

—No, pero en serio…

Vacilo, tratando de pensar en una mentira decente. He estado guardando tantos secretos. Y los secretos son agotadores.

La verdad es que quiero decir la verdad.

—Mi halmoni está enferma —le digo. Cuando veo que parece confundido, le aclaro—: Mi abuela.

Suelta una bocanada de aire.

—Lo siento. Eso es terrible.

—Ella le tiene miedo a los tigres, por eso yo quería que se sintiera mejor —no es del todo cierto, pero se acerca bastante a la verdad. Mis hombros se relajan y mis pulmones se llenan con una sensación de alivio.

Es bueno hablar con alguien.

—Eso debe ser aterrador —dice—. Incluso si es algo que sólo está en su cabeza.

Me trago las palabras *No tienes idea*. Y asiento.

—Así es.

—Esto es genial de tu parte —dice—. Eres la chica más genial de la que he sido amigo.

—Ah —me limito a decir. No sabía que consideraba que éramos amigos, pero en cierta forma da gusto escucharlo.

Siento que, tal vez, él podría ser un amigo de verdad, uno que dure.

—Entonces —se pone de pie, sacudiéndose los pantalones—, ¿tienes carne cruda?

—Espera un momento. ¿Qué?

—Según internet, la parte más importante de la trampa del tigre es el cebo que se usa. La mayoría de los cazadores de tigres usaban carne cruda, por ejemplo, de vaca o...

—Bueno, esto es hipotético, entonces... no vamos a hacer eso —le aclaro.

Asiente.

—Bueno. Sí. Eso tiene sentido.

—Terminemos de hacer la trampa.

Se inclina, recoge el sombrero de copa y me lo devuelve.

—Listo.

Sonrío y nos ponemos nuevamente manos a la obra. Prestamos más atención ahora, tomando las cajas una por una, lenta y cuidadosamente, y dejamos sólo las más pesadas y los grandes cofres coreanos en la parte de arriba. Una vez que tenemos suficientes cajas abajo, comenzamos a ordenarlas en un anillo, apilando las más livianas sobre las más pesadas.

Es como un rompecabezas gigante, y aunque esto es algo de mucha, pero mucha importancia... también es *divertido*.

Una vez que terminamos, envolvemos las cajas con la soga, aunque en realidad no estamos seguros de qué hacer. Le hago cinco nudos, por si acaso.

Al final retrocedemos un par de pasos para admirar nuestra obra.

—Bien hecho, Maestro de las trampas para tigres —digo.

La sonrisa de Ricky se extiende por todo su rostro.

—Igualmente, Superchica Tigre.

—No soy una superheroína —digo automáticamente. Con la diferencia de que Superchica Tigre suena mejor que Chica Invisible, y se siente bien ser *súper*.

Antes de que se vaya, me quito su sombrero y se lo entrego. Estoy bastante segura de que tengo el cabello aplastado, con algunos mechones sudorosos pegados a la frente.

—No olvides esto —le digo.

Se encoge de hombros.

—Guárdalo por ahora. Por si encuentras un tigre *hipotético*. Me lo devuelves cuando nos volvamos a reunir.

—¿Volver a reunirnos? ¿Para hacer qué? —no estoy segura de lo que piensa que vendrá después, pero ya hemos concluido. La trampa está terminada.

Me mira como si fuera obvio.

—Ahora somos amigos. Los amigos pasan tiempo juntos.

Parpadeo.

—Ah, claro. Sí.

Y entonces empiezo a sonreír. Porque en verdad me gustaría volver a pasar tiempo con él. De alguna manera, logró que lo de la trampa para tigres fuera algo divertido.

Me despido y, en cuanto se marcha, llevo los frascos con estrellas a la habita´ci´ón del ático y los escondo debajo de mi cama. Sam está tomando un baño, por fortuna, así que no me molestará. Me acuesto boca abajo en el suelo y me quedo mirando los frascos.

Casi tienen el aspecto de frascos normales. Pero incluso debajo de la cama parecen brillar.

La carne cruda no funcionaría porque con los tigres mágicos aplican reglas diferentes. Pero al mirar estos frascos, caigo en cuenta de algo: encontré mi cebo.

20

—¿Qué estás haciendo? —las tablas del suelo crujen detrás de mí y me vuelvo para ver a Sam en pijama.

—Nada —digo, poniéndome en pie de un salto.

Estoy llena de energía nerviosa. Debajo de la cama, los frascos de estrellas esperan.

Pero doy un vistazo al reloj. Aún no es de noche. Todavía tengo unas horas antes de que todos se duerman: antes de que pueda llevar a hurtadillas un frasco abajo como cebo para el tigre.

Sam entrecierra los ojos. Toma aire, como si hubiera algo que quisiera preguntarme, pero luego sacude la cabeza de un lado a otro.

No es propio de Sam contenerse cuando quiere hacer una pregunta, y no sé si sentirme agradecida o triste.

Cuando vuelve a abrir la boca, parece cambiar de opinión y, en su lugar, hace una pregunta diferente.

—¿Qué estaba haciendo aquí ese chico?

—Me está ayudando a… hacer algo —no puedo evitar sonreír un poco cuando agrego—: Es mi amigo.

Levanta una ceja y sus labios se elevan en una sonrisa de superioridad, como diciendo *Sé algo que tú no.*

—¿Tu amigo?

Un calor me recorre las mejillas cuando me doy cuenta de lo que quiere decir.

—No en ese sentido.

Su voz es burlona.

—¿No, en cuál sentido?

—No en el sentido que estás pensando.

Sam ríe. Al parecer, mi vergüenza la pone de buen humor.

Luego, su mirada se suaviza un poco y señala el suelo frente al espejo.

—Siéntate. Si estás enamorada, debes aprender a peinarte.

—No hace falta —digo—. Y no estoy enamorada —no sé cómo lidiar con Sam. A veces parece odiarme y al minuto siguiente quiere que compartamos algo como buenas hermanas.

Y más importante aún, no tengo tiempo para arreglarme el cabello. Me espera una misión real para salvar una vida.

Pero ella sigue señalando mi cabeza, negándose a aceptar un no por respuesta. Y supongo que, de todos modos, tendré que esperar un par de horas.

Cuando me rindo y me siento frente al espejo, Sam se arrodilla detrás de mí. Me desenreda las trenzas, retuerce los mechones y los entreteje en una nueva forma.

Mientras se ocupa de mi cabello, mi nerviosismo se disipa, y es reemplazado por este deseo más profundo y silencioso. Quiero contarle sobre el tigre y los frascos de estrellas y la trampa.

Pero tengo miedo de que responda con hostilidad y me diga que estoy loca, así que aguanto la respiración hasta que el deseo desaparece.

—¿Cuándo conociste a Jensen? —pregunta después de unos minutos.

Es una pregunta al azar, y no es algo de lo que yo quiera hablar, pero es mucho mejor que hablar con ella de Ricky.

—En la biblioteca, cuando acabábamos de llegar aquí —le digo—. Es muy simpática. Me dio un cupcake. Y la biblioteca ya no me parece una casita de jengibre hechizada —aprieto los labios. Ya es demasiado... lo de la casita de jengibre fue un comentario extraño. Cambio de tema—. ¿La recuerdas de la primaria?

Sam se encoge de hombros y jala levemente mi cabello.

—Este... sí, la escuela era bastante pequeña. Pero ella era un año mayor, así que no pensé que se fijara en mí —hace una pausa y luego agrega—: No es que esté diciendo que ella se haya *fijado* en mí. Sólo que sí, sí la conozco.

—Sí —digo, sintiéndome incómoda sin saber por qué en realidad. Siento que quiere que diga algo, pero no tengo ni idea de qué.

Sam termina de hacer mis trenzas, sacando horquillas de su propio cabello y pegándolas sobre mi cráneo; por fin, se inclina hacia atrás y me mira en el espejo.

En lugar de las dos trenzas que por lo general enmarcan mi rostro, mi cabello está entretejido en una corona trenzada y unas hebras cuelgan alrededor de las orejas.

Con el nuevo peinado y el collar de Halmoni alrededor del cuello, parezco una princesa. O aún más: una princesa guerrera.

No estoy acostumbrada a verme así.

—Ya no me parezco a la chica de la historia del tigre —susurro, más para mí que para Sam.

Durante años, Sam ha dejado de parecerse a la chica de esa historia, desde que se cortó el cabello a la altura de los hombros y se pintó ese mechón blanco. En cambio, yo siempre he usado mis trenzas. Siempre he sido La Pequeña Eggi.

Sam gruñe.

—Ya es suficiente con la historia del tigre, Lily. Esa historia es la peor.

No entiendo qué me quiere decir. Nos encantaba la historia de las hermanas. Corríamos a la habitación de Halmoni todas las noches. *Cuéntanos la historia del sol y la luna.*

—¿Qué quieres decir con eso de la peor?

—Bueno, en primer lugar —comienza Sam—, las hermanas son estúpidas. Un tigre está rasguñando su puerta. *Claramente*, no es su halmoni. ¿Por qué no pueden ver eso?

—Porque está disfrazado de...

—Y también, la hermana mayor habla y habla de proteger a la hermana menor, y luego va y le abre la ventana al tigre.

Retrocedo un poco.

—La hermana mayor no es la que abre la ventana —le digo—. La hermana *menor* abre la puerta...

Sam niega con la cabeza.

—No, eso no es así.

—Lo es. Así es como ocurre en la historia —en la historia, el tigre escoge a la hermana pequeña. Es ella a quien llama. Es ella la que responde. Es ella la especial.

No estoy segura de por qué Sam está tan confundida.

—Eggi abre la puerta —le digo—, el tigre las persigue, y cuando ellas cuentan una historia, el dios del cielo las salva.

—No —hay algo en la voz de Sam que me asusta. Un borde afilado que no estaba allí antes—. Las hermanas terminan en extremos opuestos del cielo y ni siquiera pueden hablar entre ellas. Se ven todos los días, pero sólo para saludarse y despedirse. Están solas.

Me llevo las rodillas a la altura del pecho.

—No es una historia triste. Es una historia feliz. Las hermanas escapan del tigre. Están a salvo para siempre.

Pero ahora no estoy tan segura.

—El punto es que es una historia triste, Lily. Todos esos viejos cuentos de hadas tienen el propósito de asustar a los niños. Es una enseñanza. Ya sabes: no abras la puerta a extraños. Y: huye del peligro.

El silencio crece en la habitación, llenando cada grieta en la madera crujiente. Me aclaro la garganta y me obligo a expulsar las palabras.

—¿Y qué pasaría si las hermanas no corrieran?

Sam suspira.

—¿Qué quieres decir?

—Si fuera tu historia, si un tigre te estuviera persiguiendo… ¿Huirías o… lo enfrentarías?

Vacila un momento.

—No estarás hablando de nuevo de que las historias son reales, ¿verdad? Porque…

—No, no —digo de prisa—. Ésa fue una reacción de estrés mental. Lo sé. Quiero decir, hipotéticamente.

174

Silencio, hasta que Sam suelta una carcajada. Es tan sorprendente que también me mueve a soltar una risa nerviosa. Por un segundo, mi ansiedad disminuye y su risa es un punto brillante en la oscuridad.

—¡Lily! ¿Me estás tomando el pelo? ¡Huiría! Los tigres, lo sabes muy bien, *se comen a la gente*...

—Sí —le digo. Tiene razón. Ésa es la realidad a la que me enfrento y no puedo decírselo.

Se levanta y se deja caer de nuevo sobre la cama, y asumo que esta conversación ha terminado. Sam ya no termina las conversaciones. Simplemente, se escapa de ellas.

Pero unos minutos después, dice:

—Si fuera yo la de la historia, no lo sé. No sé si huiría. Me gustaría actuar con valentía. Es sólo que, en esas circunstancias, no estoy realmente segura de qué significa actuar con valentía.

21

Con cuidado, saco de debajo de mi cama el frasco de estrellas cuadrado de color verde. Sam está dormida. Todos en la casa duermen. Y yo estoy lista.

Lo más silenciosamente posible, abro el cajón donde escondí la artemisa de Halmoni. Parto un trozo y me lo meto en el bolsillo. Aseguro el collar de Halmoni alrededor de mi cuello. Y por último, tomo el sombrero de Ricky de mi tocador y me lo coloco sobre la cabeza.

Porque nunca se sabe. Quizá sea útil. Quizá me haga especial. Quizá me convierta en una heroína.

Sosteniendo el frasco de estrellas y acompañada de mi protección, salgo de puntillas de la habitación del ático y bajo las escaleras. Invoco mi invisibilidad y la noche me envuelve en las sombras. El sonido de la lluvia encubre mis pasos.

Las tres duermen mientras yo paso sigilosamente por la habitación de halmoni, paso junto a mamá en el sofá y me dirijo al sótano.

—¿Estoy tomando la decisión correcta? —le susurro al frasco, tapado con un corcho.

No hay respuesta. Incluso la casa está silenciosa esta noche, como si estuviera esperando mi próximo movimiento.

Giro la perilla de la puerta del sótano y la puerta se abre, invitándome a entrar.

Esta vez, no tendré miedo. En algún momento, Halmoni se enfrentó a tigres, y ahora yo también lo haré.

Soy Lily y soy valiente. Soy la nieta de mi halmoni.

A mí no me cazan los tigres.

Yo soy la cazadora.

Y un tigre no es rival para mí.

Sostengo entre las manos el frasco —el cebo— y me siento sobre las escaleras de espaldas a la puerta, mirando las cajas allá abajo.

Aguardo.

* * *

No es mi intención quedarme dormida, pero al parecer eso sucede, porque me despierta un rechinido.

Me pongo en pie de un salto y, en cuanto veo mi trampa, me sacude un estremecimiento de emoción y pánico: porque no sólo lo *hice*. Sino también: *lo hice*, y ahora hay un tigre en mi sótano. Atrapado.

Con una mano, agarro el frasco de estrellas. Con la otra, me pellizco la pierna, sólo para estar segura. Pero esto no es un sueño ni tampoco es una alucinación.

Rodeado por mi anillo de cajas, el tigre está sentado sobre sus patas traseras, quieto a excepción de su cola, que se mece hacia delante y atrás. La luz de la luna se filtra a través de la ventana haciendo que sus rayas negras parezcan casi plateadas, y es incluso más grande de lo que recordaba: casi demasiado grande para mi trampa.

—Qué divertido —dice sin emoción. Parece molesto, pero despreocupado.

Mantengo la distancia y me quedo donde estoy, en medio de la escalera, mirándolo. Pasa por mi cerebro una de las características que leí sobre ellos: *¡el diente de un tigre puede cortar a través de un hueso!*

Pero también me llega otra a la memoria: *si miras a un tigre a los ojos, es menos probable que te mate.*

Me obligo a mirar esos ojos amarillos brillantes, esas pupilas similares a charcos de tinta negra. Me enderezo cuanto puedo, actuando más valiente de lo que soy.

—Encontraste mi trampa —digo, haciendo más grave el tono de mi voz para sonar mayor.

Los labios del tigre se curvan en una sonrisa.

—Lo admito, no me esperaba esto.

Me aclaro la garganta.

—Dijiste que podías curar a mi halmoni. Ahora que estás atrapado, te exijo que la ayudes.

—Interesante. No hubiera imaginado que podrías hacer algo así. Desafortunadamente para ti, no estoy atrapado. Sólo estoy... poniéndote a prueba —saca una hierba seca de entre sus afilados dientes—. Por cierto, muy buena la artemisa.

La busco en mi bolsillo, pero ya no está, y en un destello de naranja y negro, el tigre también desaparece. Mi trampa queda vacía.

—Los tigres no ceden a las demandas... —su voz se escucha detrás de mí, y me giro para verlo de pie en la entrada del sótano, en lo alto de las escaleras.

Es mucho más grande que yo, y da un paso adelante, obligándome a bajar un paso. Luego otro. Y otro y otro, hasta que estoy en el sótano, apretada contra mi propia pared de cajas. Qué tonta, pensar que podría engañar a un tigre. Niñita tonta, tonta, y ahora...

—Pero sí ofrecemos tratos —su voz tiene un tono más de curiosidad que de amenaza, en algún lugar entre un gruñido y un susurro—. Te dije que lo ofrecería sólo una vez, pero para ti, Superchica Tigre, tal vez haga una excepción. Quizá te ofrezca un nuevo trato, uno que sea un poco más divertido.

El frasco de estrellas se siente resbaladizo entre mis palmas húmedas y lo aprieto con más fuerza.

—¿Cuál es tu oferta?

—Regresa las historias y tu halmoni se sentirá mejor. Pero aquí está la parte divertida: para devolver las historias al cielo, debo contarlas —muestra sus dientes—. Y las historias siempre son mejores con una audiencia.

Respiro hondo. Una parte de mí quiere escucharlas. Pero Halmoni dijo que eran malas. Y hacían *malas* a las personas, porque todos los que las escuchaban sentían dolor.

—Las historias son peligrosas —le digo.

—Son poderosas.

—Dijiste que tienen el poder de cambiar a la gente —me estremezco y, por alguna razón, pienso en Halmoni, cuando vomitaba en el baño. Y en cómo, por un instante, parecía un monstruo.

Los ojos del tigre brillan en la oscuridad.

—Ésa es mi oferta. Tómala o déjala.

Ahora mismo tengo unas veinte capas de miedo apiladas sobre el corazón. Miedo a decir algo incorrecto. Miedo a hacer algo incorrecto. Miedo a lastimar a Halmoni. Miedo a no salvar a Halmoni. Miedo a un tigre mágico que habla.

Pero si quito todas esas capas, hay algo más ardiendo profundamente dentro de mí. Existe esa ferocidad de la caza de tigres, y me imagino a mí misma asiendo ese sentimiento, empuñándolo con tanta fuerza que duele.

Soy pequeña, pero no soy presa fácil.

Me aclaro los susurros de la garganta y, cuando hablo, mi voz es fuerte.

—¿Liberar las historias de las estrellas en verdad hará que Halmoni se sienta mejor?

—Por supuesto —sus ojos brillan de una manera que me dice que sus promesas no significan nada—. Abre los frascos, escucha una historia, sana a tu halmoni. Eso es tremendamente razonable.

El frasco se siente caliente en mis manos. Arriba, brillaba débilmente, pero ahora parece como si sostuviera una linterna. Quizá la luz de la pequeña ventana del sótano da de lleno sobre el frasco, o tal vez mis ojos me juegan una mala pasada. O tal vez haya magia dentro del frasco, que se está despertando después de estar dormida por mucho tiempo. Lo que pensé que eran motas de polvo en el frasco ahora parecen estrellas, toda una galaxia en miniatura, capturada tras el cristal.

—No confío en ti —debo decirlo, sólo para que quede constancia. Tengo que decirlo porque lo sé: de cualquier forma, lo voy a hacer.

Estoy harta de ser una CATYC, tengo demasiado miedo de hacer algo. Por una vez, quiero ser la heroína.

—Vamos —ronronea—. ¿Qué dices? ¿Aceptas?

Agarro el frasco con más fuerza mientras me preparo.

—Sí.

Sus dientes afilados brillan.

Y abro el frasco.

22

El corcho rueda del frasco con un estridente "pop". Luego, más suave, un sonido sibilante.

La luz de las estrellas en el frasco parece derramarse, toda una Vía Láctea que cae por el borde, y el tigre se acerca. Cierra los ojos, presiona los bigotes contra el borde… y bebe las estrellas.

El sótano baila con colores, azul profundo, naranja y violeta, y por un segundo, casi puedo escuchar el rugido de un océano. Casi puedo sentir el aroma del mar.

Mientras el tigre bebe, el vidrio que sostengo en la mano se vuelve más y más liviano hasta que se siente como aire. Y cuando termina, da un paso atrás, chasqueando los labios.

—Ah —dice—, me falto ésa.

Entonces, comienza.

* * *

Hace mucho, mucho tiempo, cuando el hombre caminaba como un tigre, cuando las noches eran oscuras como la tinta, mucho antes de que existieran el sol y la luna, e incluso las estrellas, había una chica nacida de dos mundos. Tenía dos pieles y podía cambiar a su antojo de una a otra: de tigre a humana, de humana a tigre.

Amaba su magia y amaba ambos mundos por igual. El problema era que tenía que mantenerlo en secreto. El mundo que la rodeaba estaba dividido en dos: los humanos no confiaban en los tigres y los tigres no confiaban en los humanos, y ninguno quería que un traidor durmiera en sus cuevas.

Así que la chica de dos mundos vivía dos vidas. De día, era humana. De noche, era tigre. Pero mucho me temo que es una forma agotadora de vivir.

Los tigres son salvajes, están fuera de control. Dicen la verdad y se tragan el mundo. Siempre quieren más. Pero las chicas humanas, le dijeron, no están hechas para desear nada. Están destinadas a ayudar. Están destinadas a ser silenciosas.

Y a veces, la chica tigre confundía las dos vidas. Sentía las cosas equivocadas en el momento equivocado. Demasiado sentimiento como humana, demasiado miedo como tigre. Sería mucho más fácil ser una sola cosa.

Peor aún, su secreto la hacía sentirse sola. Tenía amigos y familiares en ambas formas, pero nadie conocía su verdadero corazón.

Qué forma tan terrible de vivir, *pensaba. Pero vivía de esa manera de todos modos. Llevaba su secreto encerrado dentro de ella, hasta que un día, su cuerpo cambió y cambió de una manera nueva: iba a tener un bebé.*

Un bebé nacido de dos mundos. Nacido con la misma magia... con la misma maldición.

Pero la chica tigre, ahora madre tigre, sabía lo que tenía que hacer. No dejaría que su hija viviera una vida dividida en dos. Así que la chica tigre le pidió a su madre humana que protegiera a la bebé y se fue a escalar la montaña más alta, más y más arriba, hasta llegar al dios del cielo.

No me he quejado ni una sola vez, *le dijo,* pero estoy haciendo esto por mi hija. Te estoy pidiendo que la perdones. Quítale su magia. Haznos humanas a las dos y que nunca volvamos a ser tigres.

El dios del cielo no estaba contento. No suele conceder favores. Pero ella suplicó y suplicó. Entonces el dios del cielo dijo: Sí, está bien. Te concederé tu deseo. Puedo quitarte tu magia y la de tu bebé, pero primero... mmm... tu bebé debe vivir a solas en una cueva durante cien días, sin sol. Ah, y sólo puede comer artemisa.

La chica tigre estaba horrorizada. ¡No dejaría atrapada a su bebé en una cueva! ¿Había otra forma? Por favor, por favor, por favor. *Suplicó y suplicó un poco más.*

El dios del cielo estaba molesto. Qué mujer tan difícil. Pero pensó que toda esta situación era culpa de él. Acciden-

185

talmente le había dado una segunda piel. Entonces le dijo:
Sí, está bien. Hay otra forma. Encerraré la magia de tu
hija a cambio de tu ayuda.

Si quieres saberlo, estoy envejeciendo. (Quiero
decir, por supuesto, sigo siendo inteligente, fuerte y
guapo, etcétera). Pero algún día, necesitaré que alguien me reemplace.

Ven a vivir como una princesa del cielo, en mi castillo del cielo, y aprende mi magia. A cambio, te concederé tu deseo.

*Así que la chica tigre estuvo de acuerdo, y el dios del cielo,
oh, tan generoso, le dio un último día con su hija.*

*La chica tigre estaba triste por dejar a su bebé, pero sabía
que su hija estaría a salvo. Su hija nunca estaría perdida y
sola con sus secretos.*

*Antes de irse, la chica tigre se despidió de su bebé y lloró y
lloró, y cuando la última lágrima cayó de sus ojos, se convirtió en una perla, un último adiós, un dije para que su hija
lo usara, justo encima de su corazón.*

Adiós, *susurró,* y cuídate mucho.

*Entonces tuvo que irse. El dios del cielo envió una soga (o
una escalera, depende de a quién le preguntes), y ella subió
y subió hasta su castillo.*

*Vivir en el reino del cielo resultaba costoso, por lo que la
chica tigre encontró un trabajo: la noche era muy oscura y
era necesario que alguien la iluminara.*

* * *

Cuando la tigre termina, la noche parece un poco más brillante, como si hubiera una estrella más en el cielo. Pero podría ser mi imaginación.

La tigre se relame los labios y sorbe jirones de polvo de estrellas. Sus ojos se cierran, como si lo estuviera saboreando.

No puedo explicar del todo la forma en que la historia se instaló en mi pecho. Sé lo que es portar un secreto de tigre, sin poder decírselo a mi familia porque los asustaría. Y siento como si la historia hubiera iluminado una parte de mí, una parte que pensé que estaba oculta.

No sé cómo me siento por eso, pero sé cómo me siento por algo más: odio que la chica tigre haya dejado a su bebé.

—¿Y si la bebé la necesitaba? Ella podría haber encontrado otra forma. Ella no *tenía* que irse.

—Estás enojada —dice el gran felino en voz baja.

—No lo estoy… Yo no… —me siento tonta, porque es sólo una historia. Sé que no debería afectarme tanto y no sé por qué lo hizo. Quizás esto es lo que Halmoni quiso decir con una mala historia.

—Está bien —le dice el tigre— sentirse fuera de control.

—¿Por qué Halmoni quiso ocultar esta historia? —mis dedos encuentran el collar alrededor de mi cuello y lo aprieto con fuerza—. ¿Es esta perla...? ¿Esta historia era sobre ella? ¿Era ésa *su* historia?

—Pequeña, ésta es una historia antigua. No te preocupes por a quién perteneció alguna vez. Ahora pertenece al cielo, para que todos la podamos ver —hay algo triste y extraviado en su voz. Algo que dice que hay más en la historia. Trato de leer su rostro, pero cuando inclina la cabeza, sus ojos quedan cubiertos por una sombra. En la oscuridad, no se pueden descifrar, son como una noche sin estrellas.

Giro el collar entre las yemas de los dedos, con la sensación de que falta algo.

—¿Y ahora qué? ¿Se sentirá mejor Halmoni?

—Eventualmente —dice el tigre—, pero todavía no. Apenas hemos comenzado y hay consecuencias por decir la verdad.

Hago una pausa.

—Pensé que habías dicho que esto la ayudaría.

—La verdad siempre es dolorosa, sobre todo cuando lleva tanto tiempo escondida. Es probable que surjan complicaciones inesperadas —se encoge de hombros, tratando de parecer casual, pero sus músculos están tensos mientras ondean bajo su pelaje—. De cualquier manera, tráeme mañana el siguiente frasco de estrellas, a las dos de la madrugada, y te contaré otra historia. Ah, y trae también algunos pasteles de arroz. Es lo mínimo que puedes hacer si tenemos que encontrarnos en este sótano mal ventilado.

—Espera —digo—, ¿qué consecuencias? ¿Qué pasa si no me gustan esas consecuencias? ¿Qué pasa si cambio de opinión? —ahora me doy cuenta de que he aceptado algo que no entiendo.

Se relame nuevamente los labios.

—Me temo que no tienes otra opción. Ya dejaste en libertad la historia. Has escuchado el principio, pero tu halmoni no puede sanar hasta que lleguemos al final.

Ella se aparta de mí y vuelve a subir las escaleras. Los escalones no crujen bajo sus pies: como si estuviera hecha de aire.

—Empeorará antes de mejorar, Pequeña Eggi —dice sin mirar atrás—. Pero si haces lo que digo, *mejorará*. Confía en mí.

23

La tarde siguiente, anuncio:
—Necesito hacer pasteles de arroz.

Cuando bajo las escaleras, mamá y Halmoni están sentadas juntas en la mesa del comedor, y me siento junto a ellas, dejándome caer en una silla. Trato de sonreír como *Ja, ja. Todo normal. No hay tigres aquí.*

—Oh, sí —dice Halmoni—. Me parece muy bien, pequeña. Preparamos más tarde.

—¿O, eh, ahora? ¿Qué te parece ahora?

Sam está tumbada en el sofá, con el teléfono celular colgando frente a su cara, pero me mira con una ceja levantada. La ignoro.

Mamá toma aire y despliega una sonrisa.

—La verdad, estaba pensando que todas deberíamos salir hoy. Sería bueno salir de casa y hacer algo. En familia.

—Podríamos hacer pasteles de arroz en familia —digo—. Halmoni puede enseñarnos cómo hacerlos.

La sonrisa falsa de mamá se vuelve aún más falsa.

—Lily. Eso suena muy divertido. Quizá *después* de que salgamos.

Sam baja su teléfono.

—Mamá está obsesionada con salir porque Halmoni sigue importunándola con el tema de las cajas.

Mamá se aclara la garganta.

—Eso no es...

Pero Halmoni me dice:

—Tu madre mover algunas cajas ayer. Le digo que no era bueno. Le digo que los espíritus no gustar. Pero, por supuesto, ella no escucha.

Me clavo las uñas en las palmas de las manos y asiento, aunque siento que tengo un letrero gigante sobre la cabeza que dice: *FUI YO*.

—*Como sea* —dice mamá con una sonrisa forzada—, no es por eso. Pensé que sería buena idea porque Halmoni estaba diciendo lo *bien* que se siente hoy.

Ahora que mamá lo menciona, Halmoni se ve bien. Se ha rizado el cabello e incluso lleva un toque de labial rosa, algo que no había hecho desde hace tiempo.

Pero eso sólo me hace querer hornear *ahora*, antes de que necesite descansar de nuevo.

Sam se encoge de hombros.

—¿Podemos ir a almorzar a ese restaurante asiático, en la esquina de Willow y Vine?

Me doy la vuelta para dedicarle a Sam una mirada asesina. No sé por qué a ella sólo le interesa hacer cosas en familia cuando esto entra en conflicto con mis planes.

Mamá frunce el ceño.

—Ah, ¿en serio? ¿Por qué?

—Me siento de humor para hacerlo —dice Sam.

—Es que ese lugar es como un poco... —mamá hace una mueca como si estuviera oliendo ajo podrido, pero tratando de ser educada al respecto—. Bueno, ciertamente no es auténtico.

—Cierto —intervengo—. Una razón por la que deberíamos quedarnos...

Sam interrumpe:

—Mamá, sólo estoy diciendo. Sólo estoy sugiriendo. Sólo *intento* pasar tiempo con mi familia.

Mamá suspira.

—Bien, de acuerdo. Siempre y cuando Halmoni esté de acuerdo con eso.

Siento un repentino y creciente impulso de llorar, pero Halmoni aplaude y sonríe.

—¡Sí, me parece bien! Tienen mejor agridulce. Mi favorito.

Así que me superan en número y no me queda más remedio que prepararme para salir.

Pero cuando nos metemos en el auto, Halmoni se vuelve hacia mí.

—Más tarde te enseño hacer pasteles de arroz —susurra—. Lo prometo.

* * *

El letrero del restaurante dice ¡DRAGÓN Y TOMILLO! en letras rojas, y dos leones de piedra sentados junto a las puertas custodian la entrada.

—Hace años que no venía aquí —dice mamá mientras nos hace entrar.

—Tienen muy bueno agridulce —nos recuerda Halmoni, y mamá suspira.

En el interior, las paredes están revestidas con biombos *shoji* pintados con flores de cerezo rosa. Del techo cuelgan linternas de papel rojas, y una estatuilla de un gato dorado sentado en la esquina saluda incansablemente con la mano *¡Hola! ¡Hola!*

Pero no consigo apartar la vista de la pintura que está justo encima del puesto de la *hostess*. Es una pintura coreana clásica de un tigre, con ojos grandes y redondos como pasteles de arroz. Da la impresión de que se estuviera riendo.

De repente, comienzo a sudar. Hace demasiado calor aquí.

—Sam —susurra mamá—, ¿qué estás haciendo?

Le echo un vistazo a mi hermana, que está examinando muy inquieta todo el restaurante, con un nerviosismo palpable, como si estuviera buscando algo, sólo que no puedo decir si quiere encontrarlo o tiene miedo de hacerlo.

—Nada —contesta Sam, que ahora está tan roja como las linternas.

Por un segundo me pregunto si está buscando al tigre, pero no. No me permito albergar esperanzas al respecto.

Una chica, de una edad probablemente cercana a la de Sam, se acerca a nosotros. Tiene palitos chinos metidos entre su cabello rubio y ojos grandes, redondos, como de galleta de chocolate.

—¡Hola! ¡Soy Olivia y hoy me encargaré de ustedes! ¡Síganme por aquí, los llevaré a su mesa!

Cuando nos lleva a través del restaurante, veo la desilusión en la cara de Sam, pero se esfuma velozmente.

Olivia nos sienta y nos reparte los menús, y Halmoni pide cerdo agridulce, camarones agridulces y ternera agridulce. Para empezar.

En cuanto Olivia está fuera del alcance del oído, Sam dice:

—Es como si un estereotipo asiático hubiera sido vomitado por todo este lugar.

Luego mira a Halmoni. Y pasa saliva. Y estudia su menú con gran dedicación.

Pienso en Halmoni vomitando en la carretera y estudio mi propio menú, aunque no estoy leyendo ninguna de las opciones de *sashimi*.

—No había venido aquí desde los noventa, y no es que haya mejorado mucho —dice mamá—. Pero estar aquí me trae tantos recuerdos.

Le pregunto: *¿Estás feliz de haberte ido? ¿Te arrepientes de haberlo hecho? ¿Te arrepientes de haber regresado?*

Pero lo hago de forma silenciosa, en mi cabeza.

Halmoni ríe y apunta con el dedo.

—Ay, tu madre en los noventa.

Mamá mira a Halmoni enarcando las cejas.

—¿Perdón?

Halmoni ríe.

—Siempre metiendo en líos.

Mamá intenta parecer molesta, pero termina sonriendo.

—Está bien, lo que tú digas.

Miro por turnos a ambas. Halmoni dijo eso antes, pero todavía no puedo imaginarlo. A mamá le encantan las reglas.

—¿Qué fue lo que hacía? —pregunto—. ¿Cómo se metía en líos?

Mamá ríe.

—Halmoni está siendo excesivamente dramática, como de costumbre.

Echo un vistazo a mi hermana y es un momento de cara o cruz: ¿estamos del mismo lado o en lados opuestos?

Sam se inclina hacia delante.

—Vamos, Halmoni, cuéntanos historias de mamá —luego me lanza una pequeña sonrisa y mi corazón se llena de regocijo.

Creo que el tigre se equivocó sobre las consecuencias, porque éste es el momento más feliz compartido con mi familia desde que nos mudamos aquí.

Halmoni nos susurra a Sam y a mí:

—Tantos novios.

—¿Mamá tuvo muchos novios? —pregunto.

Mamá rezonga.

—No, no fue así.

Halmoni chasquea la lengua.

—Muchos. Siempre escabulléndose para verlos.

Sam hace un ruido ahogado y, por primera vez, me pregunto si mi hermana tiene citas amorosas. Nunca había pensado que tuviera novios.

Mamá se aclara la garganta.

—En primer lugar, eso no es cierto. Y era *Halmoni* la que estaba siempre armando líos. Hizo que tu pobre padre comiera lodo

—*¿Qué?* —pregunta Sam. Normalmente, cuando alguien menciona a papá, Sam asume un aspecto sombrío, pero en este momento sólo parece sorprendida. Interesada. Como si el contar historias sobre papá fuera algo divertido, en lugar de algo terrible.

—El lodo bueno para él —dice Halmoni. Sus ojos expresan felicidad y tristeza al mismo tiempo, como si lo

196

extrañara—. Él siempre contando historias: hablaba mucho, pero no pensando, *aii-yah-yah-yah*. Lodo lo ayuda a mantener los pies en la tierra, pensar antes de hablar.

Mamá resopla.

—Fue horrible.

—Le hago un batido —dice Halmoni—. Un batido de leche con un *poco* de lodo mezclado. Pero él se llevó a tu mamá lejos. Eso es malo. ¿Un poco de lodo? No es tan malo.

Sam levanta una ceja como queriendo decir: *¿Lo puedes creer?* Y yo enarco la mía como queriendo decir: *Halmoni es tremenda*.

—¿Qué pasó? —pregunto—. ¿Se dio cuenta del sabor? ¿Se enteró?

Ignorando mi pregunta, mamá se vuelve hacia Halmoni.

—No me llevó lejos. Fui a la universidad.

Halmoni se inclina y susurra en voz alta, recalcando la culpabilidad.

—Ella debía volver después, pero él se la llevó. Dejó a pobre Halmoni por un hombre blanco. Pero tu madre demasiado pequeña para entender mejor.

La mandíbula de mamá se tensa.

—Nadie me llevó —repite—. Me fui por mi cuenta. Me quería ir —en cuanto lo dice, pasa saliva, como si quisiera rebobinar sus palabras. Pero no puede. No hay reversa.

El momento feliz de familia se evapora. Miro a Sam, pero está ocupada frotando sus palillos chinos como si fuera a encender un fuego y quemarlo todo.

Olivia llega con nuestros platos agridulces.

—¡Aquí están sus aperitivos! —dice animadamente—. ¿Están listas para ordenar las entradas principales?

—Necesitaremos otro minuto —dice mamá con su clásica sonrisa falsa.

Olivia asiente y se va.

Nos quedamos mirando la comida durante unos largos segundos, hasta que mamá dice:

—También podríamos comer —y se inclina hacia delante, y con una cuchara saca unos camarones para servirnos.

—¡No, no! —grita Halmoni. Demasiado alto. La pareja en la mesa de al lado nos mira y luego aparta la vista.

Halmoni pone su mano sobre la de mamá y la obliga a dejar la cuchara de servir.

—Esperamos a los espíritus.

La sonrisa de mamá se tensa.

—No aquí, ¿de acuerdo? Estamos en un restaurante.

—Escucha —le dice Halmoni a mamá. Luego se dirige a mí—. Lily, tú organizar la mesa.

Me sudan las palmas. Hace mucho, mucho calor en este sitio.

—¿Qué quieres decir?

—Tenemos que terminar *kosa*. ¿Dónde Andy? Él viene a ayudarnos.

Sam se muerde la uña.

—Papá no está... —comienza, pero mamá la interrumpe.

—Él está en el trabajo. Estará en casa pronto —dice ella.

Halmoni mira a su alrededor, pero en realidad no está viendo. Sus ojos brillan como el cristal. Dice algo en coreano, algo que ninguna de las tres puede entender.

—Mamá —mascullo—, ¿qué está sucediendo?

—Recuerda, hablamos de esto —dice mamá en voz baja—. A veces la mente de Halmoni se desliza hacia un lugar o un momento equivocado.

Si Halmoni ve cosas que no están aquí —si *ella* no está *aquí*—, entonces es casi como si ya no fuera realmente Halmoni.

Se pone de pie y se acerca a la mesa de al lado, cantando una canción de cuna coreana mientras toma el plato del hombre. Él deja sus palillos sobre la mesa, haciendo un sonido de asombro.

Mamá se levanta de un salto.

—Mamá, no, no. No necesitamos hacer eso —toma el plato de las manos de Halmoni y se lo devuelve al hombre, disculpándose.

—No hay problema —dice él, con una expresión de simpatía reflejada en sus ojos—. Conocemos a Ae-Cha. Si hay algo que podamos hacer para ayudar...

Pero no hay nada que puedan hacer, porque ahora Halmoni camina alrededor de la mesa, toma el plato de la mujer y lo coloca en nuestra mesa.

—El peligro se acerca, así que hacemos que peligro irse —explica—. *Kosa.*

Sólo que no es *kosa.* Son las consecuencias.

—Halmoni... —murmura Sam. Sam siempre está enterrando su miedo, esforzándose tanto por no ser una CATYC. Pero ahora tiene miedo. En silencio.

Lo cual empeora todo.

Al otro lado del restaurante, un bebé comienza a llorar, gritando a todo pulmón. Y sé que yo debí haber llorado igual de fuerte, pero no puedo imaginarme *expresando de manera tan estentórea mis sentimientos,* gritando cuando necesitaba decir: *Mi mundo no está bien.*

—Mamá —susurro mientras Halmoni intenta tomar otro plato—. Deberíamos irnos.

Aparte del bebé, todo el restaurante está en silencio mientras los presentes observan, fingiendo que éste no es el peor momento de todos los tiempos. Fingiendo que esto está bien.

Halmoni deja caer el plato de alguien y éste se rompe en el suelo, derramando salsa de soya y algo pegajoso por sus zapatos. Uno de los ayudantes de camarero corre y trata de ayudar, pero nadie sabe qué hacer.

Y luego mamá… mamá que es tan buena para fingir que todo está normal, que siempre sonríe falsamente, nos agarra a Sam y a mí, y empuja a Halmoni hacia la puerta, arrastrándonos a todas y diciendo "Vamos, vamos, vamos ", al tiempo que Halmoni grita algo sobre los espíritus, el *kosa* y el peligro, y la estatua dorada del gato agita la garra diciendo ¡*Adiós!* ¡*Adiós!* y Sam mantiene la cabeza agachada y yo trato de ignorar esa sensación de sudor-calor-desmayo.

Finalmente, salimos.

En el estacionamiento, mamá busca a tientas la manija de la puerta del auto antes de golpear su cabeza contra la ventana.

—Olvidé mi bolso adentro —murmura—. ¿Podrían traérmelo chicas? Y dejen un par de billetes de veinte en la mesa, para sumar a la cuenta.

Sam se queda donde está, pero yo asiento.

Trago saliva y camino de regreso a ese restaurante, porque tengo que hacerlo. A pesar de que es un mal lugar y es demasiado caluroso, y todos están mirándome fijamente, y yo no quiero que lo hagan.

Mantengo la cabeza agachada mientras avanzo rápido entre los comensales, agarro el bolso de mamá y arrojo el dinero sobre la mesa.

Paso junto al cuadro del tigre y estoy a punto de salir por la puerta cuando la camarera grita:

—¡Espera! ¡Perdona! ¡Lo siento! ¡Espera!

Corre detrás de mí y yo no quiero llorar, pero mi garganta se siente muy hinchada, como si necesitara hacerlo.

No sé si pagué lo suficiente, o si ella está enojada por la comida que Halmoni dejó caer, o si quiere prohibirme para siempre la entrada al restaurante.

—Aquí está la comida —dice, sosteniendo una bolsa de recipientes para llevar con nuestros platos agridulces.

Murmuro un "Gracias" y ella extiende su otra mano, empujando algo en mi palma. Son un montón de caramelos, los de frutas que regalan en los restaurantes.

—Oh —digo, mirándolos. Siento que todos los presentes hacen un gran esfuerzo por no mirarnos y ponen toda su intención en no escucharnos—. De acuerdo.

—No es suficiente —dice en voz baja—, pero mi abuelo tenía Alzheimer. Y sé lo difícil que es. Siempre estaba olvidando dónde se encontraba, quiénes éramos y... lamento mucho que a ustedes les esté sucediendo.

Quiero decirle que esto no es lo mismo. Porque Halmoni nunca nos olvidaría. Esto es sólo un efecto secundario de dejar salir la historia de la estrella, pero se va a mejorar, así que no es como el abuelo de la camarera.

Pero de todos modos, es muy amable de su parte preocuparse por nosotras.

—Gracias —le digo, y sostengo los caramelos contra mi pecho hasta que duele un poco menos.

24

—Gracias por su ayuda, chicas —dice mamá mientras regresamos a casa del restaurante.

Sam se acomoda en el asiento del acompañante y Halmoni se sienta en la parte de atrás conmigo, durmiendo con la cabeza recostada en mi hombro.

Me quedo muy quieta para no despertarla.

Mamá respira hondo.

—En la última cita con el médico de Halmoni, el pronóstico no fue bueno. Podrían quedarle un par de meses, o tal vez sólo una semana. Por eso quiero aprovechar al máximo los buenos días. Simplemente, no lo sabemos.

Las palabras de mamá quedan flotando en el aire durante unos segundos, succionando el oxígeno.

Y entonces, Sam explota.

—¿Me estás *tomando el pelo*? Esto es muy injusto. ¿Hicimos todo este viaje hasta aquí y ahora sencillamente nos dices que se va a morir?

Halmoni se mueve a mi lado, pero no despierta.

—Silencio, Sam —le digo. Pero mis palabras se sienten planas. No puedo pensar con claridad.

—Estamos aquí para pasar tiempo con ella —dice mamá—. Para aprovechar al máximo lo que podamos.

—¿Y qué pasa si hay otra forma? —pregunto, con cuidado de mantener la voz baja—. ¿Y si hay algo que podamos hacer?

Por supuesto, mamá no entiende lo que quiero decir.

—Hay un par de tratamientos —explica—, pero tienen tantos efectos secundarios y nunca es algo del todo seguro. Halmoni no está interesada en intentarlo.

Efectos secundarios. Consecuencias. ¿Por qué la esperanza siempre tiene un precio?

Sam dice:

—Bueno, vale la pena si puede vivir más. ¿Y no puedes simplemente *forzarla* a que los siga?

Mamá agarra el volante con más fuerza.

—Tenemos que respetar a Halmoni. Ésta es su elección, no la nuestra.

—Sí, pero si hay algo que podamos hacer y tú no lo estás haciendo, básicamente la estás *matando*.

Las palabras de Sam me atraviesan, pero no emito ningún ruido.

—Las cosas no son así —dice mamá.

Sam suelta un sonido sarcástico como muestra de su desacuerdo.

—Ahora está en manos de Dios —dice mamá, aunque sus palabras se elevan un poco al final, como si fuera una pregunta.

Afuera, el mundo se vuelve verde, gris, verde, gris, y busco al tigre, pero no está aquí.

Por una vez, las palabras de Sam son suaves.

—¿Qué pasa si no creo en Dios?

El silencio resuena en mis oídos, y luego mamá dice algo que se supone no deberían decir las mamás.

—No lo sé.

Me acerco más a Halmoni y entrelazo mis dedos con los de ella. Está profundamente dormida, pero imagino que está trazando mi línea de vida con el pulgar. La imagino diciendo: *"No todo está bien, pero lo estará"*.

Porque haré que suceda. Mamá no vislumbra ninguna otra manera. Sam no cree en nada.

Pero yo sí.

Y si ellas no pueden ayudar a Halmoni, lo haré yo.

* * *

Después de que llegamos a casa, después de que conducimos a Halmoni por los escalones de la puerta exterior hasta su habitación, después de que Sam desaparece entre sus auriculares y su celular, le digo a mamá:

—Necesito hacer pasteles de arroz.

Mamá pasa su mano por mi cabello y me da un beso en la frente.

—Hoy no, cariño. Lo siento. Quizá mañana.

Niego con la cabeza.

—Tiene que ser hoy. No puedo esperar. *Tengo que* hacerlo.

Mamá da un paso atrás, sin saber qué hacer con mi repentina fiereza.

—Mañana, ¿de acuerdo? Te lo prometo. Simplemente no quiero hacer nada ruidoso o que distraiga a Halmoni. Hoy es necesario mantener la casa en silencio, y no podemos hacer nada que pueda molestarla.

No entiendo de qué forma preparar pasteles de arroz incomodaría a Halmoni, pero mamá no va a cambiar de parecer.

Así que cuando va a ver cómo sigue Halmoni, llamo a Ricky.

—Hey —le digo cuando responde—, ¿puedo ir a tu casa?

25

No es muy difícil convencer a mamá.

En cuanto le digo que quiero ir a la casa de un amigo, acepta llevarme en la tarde. Cualquier cosa para sacarme de la casa. Cualquier cosa con la cual podamos distraernos.

Después de confirmar con el padre de Ricky, me dice:

—Me alegra que estés conectando con chicos de tu edad —lo cual es una manera rebuscada de decir *Me alegra mucho que tengas amigos* y es también la más típica de las frases de mamá de todos los tiempos.

A medida que nos acercamos a la casa de Ricky, la forma de la ciudad comienza a cambiar. Las casas se hacen más grandes y la pintura más nueva. Este lado de la ciudad parece expandirse, como si el lado de Halmoni fuera una versión encogida y olvidada.

—Ricky Everett —murmura mamá, comprobando la dirección en su teléfono—. Conozco a su familia.

—¿Conoces a su papá? —me pregunto si siempre fue tan intimidante o si simplemente se volvió así cuando Ricky creció, pero no estoy seguro de cómo preguntar eso.

—Más o menos. Su padre es unos años más joven que yo, así que fuimos a la secundaria en la misma época, pero en realidad no éramos amigos. Sin embargo, su familia es propietaria de la fábrica de papel, que es el negocio más importante del pueblo. Razón por la cual todo el mundo sabía de ellos.

Sé que no debería importar, pero de todos modos me toma un segundo ajustarme a la idea: Ricky es rico. No estoy segura de cómo esta información cambia mi percepción de él, pero siento que sí lo hace, sólo un poco.

Nuestro auto se adentra en el largo camino de entrada, dejando atrás arbustos con forma de conejos y gatos. Nunca había visto algo así y estoy fascinada. Remodelaron la naturaleza, simplemente porque querían hacerlo.

—Esto es... demasiado —murmura mamá—. ¿No te parece?

Asiento, mirando hacia la casa que más bien parece una mansión. Hay dos columnas de piedra en espiral enmarcando la puerta de entrada y las grandes ventanas están cubiertas con cortinas de terciopelo oscuro.

Si la casa de Halmoni es la bruja en la cima de la colina, esta casa es la señora estirada que trabaja en un museo elegante y dice *Silencio* y *No toque* y *Guarde su distancia*.

No puedo imaginar a Ricky en esta casa.

Mamá se estaciona y luego me agarra de la mano antes de que pueda salir.

—Llámame cuando estés lista para volver a casa. Si te sientes incómoda o algo así. No quiero que te sientas culpable por estar feliz, pero tampoco quiero que te sientas obligada a ser feliz.

Se me cierra la garganta, así que sólo asiento con la cabeza. Caminamos hasta la puerta principal y tocamos el timbre. En lugar de sonar como un timbre, comienza a emitir música clásica.

—No sabía que podían sonar así —le susurro a mamá.

Se esfuerza por contener una sonrisa.

—Creo que es Bach.

El papá de Ricky abre la puerta. Lleva una camisa abotonada hasta arriba y pantalones caqui, y se ve muy arreglado para ser una tarde de viernes.

Me concentro en clavar la mirada en mis zapatos y sólo quisiera desaparecer, porque soy la chica del supermercado, pero me obligo a ser valiente. Levanto la mirada hacia él.

Él sonríe. No parece una mala persona, pero tal vez esté disfrazado.

—Tú debes ser Lily. Es un placer conocerte oficialmente. Soy Rick.

Pestañeo. Sé que muchos papás les ponen a sus hijos sus mismos nombres, pero me sigue pareciendo una costumbre extraña.

Mamá me da un golpecito con el codo y me aclaro la garganta.

—Encantada de conocerlo —le digo con mi voz extra amable.

—¡Y Joan Ku! —abre más la puerta, invitándonos a entrar—. ¡Tanto tiempo sin verte!

—Ahora me apellido Reeves —dice mamá. Hace una mueca, sonríe y encorva los hombros, lo cual es algo extraño en ella. En este lugar se ve pequeña.

Entramos y, como no era de extrañar, la sala es tan enorme como el exterior de la casa. El tema principal parece ser el rojo, porque hay cojines rojos sobre el sofá rojo, cortinas de terciopelo rojo y una alfombra oriental roja.

—Tienes una casa hermosa —dice mamá, con un tono de voz forzado y demasiado formal.

El padre de Ricky se encoge de hombros, casi avergonzado.

—Mis abuelos construyeron este lugar.

Respiro profundo, porque la casa se ha vuelto mucho más interesante.

—Los mismos que… —recuerdo demasiado tarde que se suponía que Ricky no debía contarle a la gente sobre el cazador de tigres, así que me trago las palabras— ¿son los bisabuelos de Ricky…? —termino, con torpeza. Ahora sí que *realmente* quiero desaparecer.

Me lanza una mirada extraña, pero no desagradable. Más bien la clásica para implicar "Ay, los niños". Una mirada que a los adultos parece encantarles.

Mamá me frota la espalda, quizás asumiendo que estoy muy afectada después de lo que pasó en el almuerzo. Supongo que no se equivoca.

Ricky entra con un gorro negro con orejas de gato.

—¡Lily! ¡Vamos! —dice, haciéndome un gesto para que lo siga.

—¡Recuerda llamarme cuando hayas terminado! —dice mamá, extendiendo su brazo como si quisiera agarrarme y retenerme para siempre.

Le digo adiós con la mano y dejo solos a ambos padres mientras sostienen una conversación trivial que versa básicamente sobre *¿Cuánto tiempo llevas en la ciudad?* y *Acabo de regresar, en busca de trabajo.*

Quiero asimilar la enormidad de la casa, pero Ricky la atraviesa rápidamente, me lleva fuera de la sala y pasa junto a otra serie de… salas.

Hay una sala con una televisión de pantalla plana, una sala con una mesa de billar, una sala azul y una amarilla. Intento echar un vistazo a cada una, buscando en secreto evidencias de la caza de tigres, pero no encuentro nada excepto arte y muebles elegantes.

—Disculpa por la casa —dice Ricky.

—No te disculpes. Es muy linda —digo—, es como un museo.

Hace una mueca y me siento mal. Recuerdo lo que dijo sobre mi casa y no quiero ofenderlo.

Ahora no estoy segura de si a él le sorprendió lo peculiar de mi casa o lo acogedora que es. La casa de Halmoni se siente segura y cálida; la casa de Ricky da la sensación de que alguien te va a gritar por desordenar las cosas.

—Lo siento. No importa —digo mientras me lleva a la cocina.

—Es genial que te involucres tan de lleno en todo esto —dice—. ¿También vas a ayudar a hacer el cartel mañana?

Lo miro fijamente.

—¿Qué?

—Para la venta de mañana —explica—. ¿No es por eso que estamos haciendo estos pasteles?

—Mmm —abro y cierro la boca. Le dije que necesitaba hornear algo, así que, por supuesto, ésa es la conclusión a la que llegó—. Claro. Sí. Es decir... sí.

Se echa a reír.

—Qué rara eres.

—Oh.

—Pero no de una mala manera —se aclara la garganta y parece que no está seguro de qué decir—. De una manera interesante.

213

—Gracias —le digo, aunque no estoy segura de que sea la respuesta correcta. Sam siempre dice *interesante* como *in-te-re-san-te,* de una manera que claramente significa algo malo. Pero cuando Ricky lo dice, no parece nada malo. Parece cierto.

Hablo con tigres. Construyo trampas mágicas. Quizá sí *soy* interesante.

Abre una despensa que es más grande que nuestro baño. Todo está codificado por colores y etiquetado.

—No estoy muy seguro de lo que hay aquí —dice—. Nuestro chef usa todas estas cosas y yo no paso mucho tiempo en la cocina.

Intento no mostrar mi sorpresa cuando dice nuestro chef, pero es extraño.

—No sé cómo hacer pasteles de arroz —digo, dándome cuenta sólo ahora de lo poco preparada que estoy.

Ricky sonríe.

—¡Yo no sé cómo hacer *nada*!

Agarro mi celular y busco una receta en Google y comenzamos a juntar cosas: harina de *mochi,* azúcar morena y leche de coco. Sólo que de alguna manera, la masa no tiene buena pinta. Tiene demasiados grumos y es demasiado líquida al mismo tiempo, y no huele como la de Halmoni.

Además, Ricky no tiene pasta de frijoles *adzuki* para el relleno, así que improvisamos con gelatina de uva, y cuando los pasteles de arroz están listos para entrar al horno, se ven completa y totalmente falsos.

Lo que me hace sentir completa y totalmente fuera de lugar.

Y luego vuelvo a tener esa sensación de demasiado calor y se me cierra la garganta y...

—Tenemos que tirar esto. Salieron mal —le digo.

Ricky frunce el ceño.

—Pero... me apetece... ¿comerlos?

Levanto la bandeja y doy vueltas alrededor de la cocina, buscando el bote de basura.

—Lo siento, no. No podemos. Tienen que salir perfectos. Y éstos no están nada perfectos. No son como los de Halmoni, y Halmoni no puede hacerlos en este momento y yo tampoco. Simplemente no puedo.

—Está bien, entonces —dice Ricky. Retira la bandeja de mis manos, lentamente, como si se estuviera acercando a un animal salvaje.

Miro la bandeja. Él me examina fijamente.

—¿Estás bien? —pregunta.

Sin dejar de mirar la bandeja, le digo:

—Mi halmoni estaba actuando raro. No sé.

—Oh.

—Sí.

Se queda callado, porque creo que lo sabe: a veces, con las cosas difíciles, no quieres hablar de ello. Sólo quieres que alguien sepa que está ocurriendo.

Después de un silencio tal vez demasiado largo, dice:

—Mi mamá nunca seguía recetas cuando cocinaba. Cada vez obtenía un resultado diferente. Así que podemos probar éstos, si quieres. Incluso si las cosas no salen perfectas, aún pueden quedar buenas.

Dejo escapar un suspiro. Y asiento.

Mientras se hornean los pasteles de arroz, me entretiene nombrando sus veinte comidas favoritas, clasificadas (el pudín de vainilla y el de chocolate tienen su propio lugar), hasta que se me escapa:

—Deberías estudiar más para el examen de lenguaje.

No me doy cuenta de lo cruel que suenan mis palabras hasta que veo cómo se desencaja su rostro, pero no era esto lo que quería decir.

—Porque yo sé que puedes pasarlo —explico—. Pareces alguien muy inteligente. Y vas a pasar al séptimo grado, ¿verdad? Entonces, si lo apruebas, estaremos en el mismo grado. Y podemos estar juntos en la secundaria.

Y mientras lo digo, me sorprende lo mucho que quisiera que sucediera así.

Levanta la mirada.

—Si estuviéramos en la misma clase, podríamos pasar mucho tiempo juntos y construir juntos *muchas* trampas para tigres —dice.

—Bueno, tal vez no hacer trampas para tigres, pero podemos hacer otras cosas.

Se queda pensando un instante, luego pregunta, con la esperanza reflejada en su rostro:

—¿De veras, te parezco inteligente?

Asiento, y nuevamente me siento avergonzada.

—Quiero decir, sí. Memorizaste tus veinte comidas favoritas y me ayudaste a construir una trampa para tigres, y tenías razón en que los pasteles de arroz estaban bien.

Sonríe, luego inclina la cabeza.

—Bueno, esperemos a ver cómo quedan los pasteles de arroz.

Así que esperamos a ver cómo quedan. Y son diferentes. No son como los de Halmoni.

Pero siguen siendo buenos.

Lo suficientemente buenos, espero, para un tigre.

26

Apago la alarma de mi celular en cuanto me despierta con su pitido, y me deslizo fuera de la cama, ansiosa por encontrarme con el tigre. Agarro el frasco alto y delgado y el plato de pasteles de arroz bajo mi cama, y me dirijo a las escaleras, pero un crujido en la esquina de la habitación me detiene.

Al dar media vuelta, veo a Sam jugueteando con algo junto a la ventana.

—¿Acaba de sonar tu alarma a las dos de la madrugada? —pregunta. No me dijo nada cuando regresé de la casa de Ricky. En realidad, no ha dicho nada desde aquel horroroso almuerzo.

—No —miento.

—Ahhhhh —dice antes de regresar a lo que estaba haciendo. Puedo darme cuenta de que todavía está molesta conmigo, aunque no sé por qué. Nada de esto es mi culpa.

Hago una pausa, esperando a que me haga otras preguntas, pero no lo hace. Está demasiado ocupada con sus propias cosas. Dejo el plato y el frasco.

—¿Qué estás haciendo? —pregunto.

Se aleja de mí.

—Nada —hay algo extraño en su voz, algo vacilante e incierto.

Me acerco a ella y, cuando estoy lo suficientemente cerca, me doy cuenta de que está atando una soga al armazón de su cama.

Y no cualquier soga: es la que Ricky y yo usamos en la trampa para tigres.

—¿De dónde sacaste eso? —intento quitársela de las manos, pero me la arrebata. La soga me quema las palmas y entonces las froto contra los pantalones de mi pijama.

—La dejaste junto a mi cama —dice—. Pensé que ya no la necesitabas.

—Yo no... —empiezo, pero me interrumpo. Ricky y yo atamos la soga alrededor de las cajas para armar la trampa del tigre. Pero ahora que lo pienso bien, no recuerdo haber visto la soga cuando encontré al tigre anoche, sólo las cajas.

Sam se encoge de hombros y la arroja por la ventana. La soga se tensa contra el marco de la cama y voy a asomarme por la ventana. Ha quedado colgando, casi toca el suelo.

—En serio, ¿qué estás haciendo? —pregunto.

Me fulmina con la mirada.

—Silencio.

—¿Qué estás haciendo? —insisto en un susurro.

Sam se encoge de hombros.

—Me estoy escapando —dice, como si fuera algo *obvio*—. Esta casa es asfixiante.

La miro a los ojos.

—¿Te vas de la casa? —Halmoni huyó de Corea. Mamá huyó de Halmoni. Y ahora, Sam huye de todas nosotras. Quizás es algo que no puede evitar. Tal vez huir está en nuestros genes. Quizás ése sea el superpoder de nuestra familia.

—No, Lily. Por supuesto que no. Estaré de regreso antes de que amanezca —Sam agarra su mochila y se levanta para sentarse en el alféizar de la ventana, con la espalda en el aire. De sólo verla, se me retuerce el estómago; si se inclinara hacia atrás, podría caer desde la ventana.

Ahora siento un tirón en el pecho. El tigre está abajo, puedo sentirlo. Está esperando. Está impaciente. Tiene hambre.

Pero no quiero dejar a Sam, y no quiero que Sam me deje a mí.

—¿Adónde vas? —pregunto.

—¿Adónde vas *tú*? —replica de inmediato—. Te vi escabulléndote hacia el sótano.

Nos miramos la una a la otra, ambas deseosas de saber, pero sin que ninguna de las dos quiera revelar nuestros secretos.

Sacude la cabeza de un lado a otro.

—Simplemente acordemos que ninguna de las dos se lo va a decir a mamá.

Vacilo.

—¿Me prometes que vas a estar bien?

—Estaré bien. Regresaré antes de la mañana —la expresión en su mirada se suaviza—. ¿Y tú también me lo prometes?

Extiendo el meñique. Para sellar la promesa.

Hace mucho, mucho tiempo, una hermanita lloraba. Tengo miedo de la oscuridad, *decía.*

Entonces la hermana mayor le dijo: Yo seré la luna. Te protegeré y nunca más tendrás miedo.

Sam envuelve su meñique alrededor del mío y ambas apretamos los dedos. Luego agarra la soga y sale por la ventana, descendiendo hacia lo desconocido, y yo bajo las escaleras.

Hace mucho, mucho tiempo, un tigre persiguió a dos hermanas por todo el mundo. Y justo cuando llegaban al final, justo cuando el tigre saltaba para engullirlas, una soga mágica cayó de un extremo del cielo y una escalera mágica del otro.

En la historia, las hermanas siempre trepan para ponerse a salvo. No se supone que *desciendan.* ¿Qué sucede cuando vuelven a la tierra... no juntas, sino separadas? ¿Cuando se dan cuenta de que hay tigres que aguardan abajo?

27

El tigre camina de un lado a otro, con sus músculos ondeando, y rodea la trampa que no logró contenerlo. Se ve más grande esta noche. Cuando atraviesa el estrecho rayo de luz que entra por la ventana, su pelaje parece brillar, como si la luna le estuviera prendiendo fuego a sus rayas.

Tomo una profunda bocanada de aire cuando lo veo, pero descubro que ya no tengo tanto miedo.

—¿No has oído? —se deja caer sobre sus patas traseras y se sienta cuando llego al final de las escaleras—. Nunca hagas esperar a un tigre.

—Lo siento —digo, luego pienso que debería guardar silencio. No debería disculparme con el tigre. Necesito recuperar algo de poder.

Emite un sonido que es extrañamente similar a uno de los chasquidos de Halmoni.

—Y bien, ¿dónde están mis pasteles de arroz?

—Di *por favor* —intento que mi voz refleje confianza y autoridad, pero el tigre me dirige una mirada tan afilada como sus colmillos.

—Olvídalo —murmuro, extendiéndole el plato.

Devora todos los pasteles, se relame los labios e inclina la cabeza.

—Raros —dice—. No son como los que yo haría. Pero aceptables. Ahora sí, la historia.

Exhalo y hago lo que me pide: descorcho el frasco de estrellas y derramo el cielo.

* * *

Hace mucho, mucho tiempo, cuando el hombre rugía como un tigre, diez mil días y diez mil noches después de que un ser que tenía el poder de cambiar formas subiera al cielo y creara las estrellas, una jovencita vivía con su halmoni en una pequeña cabaña junto al mar. Vivían solas, solamente ellas dos, y llevaban una vida tranquila.

*Todas las noches, la halmoni intentaba contarle a la chica la historia de su familia. Pero la chica tenía miedo. Las historias se sentían como la oscuridad, del tipo de oscuridad que se escondía bajo su cama y acechaba debajo de las esca-*leras. No, Halmoni, *dijo.* Cuéntamela más tarde. Mejor cántame algo.

Suspirando, la halmoni dejaba a un lado las historias y cantaba.

Buenas noches, estrellas
Buenas noches, aire
Buenas noches, ruidos...

Mientras ella cantaba, la nieta preparaba una taza de té para la noche y contemplaba con atención el cielo. Algunas veces, cuando la nieta miraba esas estrellas, sentía que las habían colgado sólo para ella... aunque no podía explicar por qué.

Mientras estaba listo el té, la chica anhelaba las estrellas y jugueteaba con su collar, una herencia dejada por una madre a la que nunca conoció.

Una noche, mientras la nieta servía el té, la taza resbaló de su mano. Se partió y derramó su ámbar líquido sobre la mesa. Halmoni, no me siento bien, *le dijo.*

Acércate, dijo la abuela.

Así que la nieta se acercó, se inclinó sobre la mesa y Halmoni agarró la muñeca de la chica.

Hacía mucho más calor de lo habitual. Y aunque la piel de la chica se veía como siempre, se sentía áspera, como un pelaje enmarañado.

Aii-yah, es demasiado tarde. Debería haberte contado antes las historias que necesitas saber.

La nieta se retorció, tratando de escapar, y mientras lo hacía, su cabello negro quedó atrapado en la luz de la luna, que iluminó una franja de un blanco brillante.

La chica se estaba transformando ante los ojos de su halmoni, pasando a ser mitad humana, mitad tigre.

Magia negra. Su nieta fue maldecida, de la misma manera que su hija había sido maldecida.

Lucha contra ello, *dijo Halmoni.*

Pero la chica no pudo. De todos modos, se transformó.

Se sentía atrapada en su propia piel. Necesitaba escapar. Su corazón de tigre enfureció. Como animal salvaje, puso sus terribles ojos en blanco e hizo rechinar sus terribles colmillos.

El mar estaba llamando su lado de tigre, y ella ansiaba con todas sus fuerzas saborear la libertad y la sal en la lengua, mirar fijamente un horizonte infinito, robarse las estrellas, engullir el mundo.

En algún lugar de su corazón, la chica lo supo: ésta era la magia de su madre. Su madre comprendería el ser salvaje en que se había convertido.

Halmoni no sabía qué hacer. Mantenía a su nieta encerrada con seguro.

Pero nada funcionó.

Así que una noche, la chica tigre se escapó, siguiendo el rastro de las historias de su madre.

Corrió hacia el mar, el mar se partió en dos sólo para ella, y ella cruzó el océano, cruzó el mundo.

El mar volvió a cerrarse antes de que Halmoni pudiera seguirla, y sintió que se le rompía el corazón. En parte porque su nieta se había ido. En parte porque no podía ayudarla.

Pero sobre todo porque estaba preocupada: ¿y si su nieta nunca llegaba a saber cuánto la amaba su halmoni?

Sí, su corazón se había hecho pedazos, pero ella no se rendiría.

Seguía amando a la chica. Todavía quería que volviera a casa. Fuese tigre o no.

De modo que cada luna llena, sacaba un frasco de los que tenía almacenados en su estante e introducía en su interior un susurro lleno de amor. Llenaba los frascos de amor. Era un nuevo tipo de magia.

No sabía adónde había ido la chica, pero cada luna llena arrojaba un frasco al mar, con la esperanza de que el océano lo transportara a través del mundo.

Enviaba un frasco sin falta mes tras mes, hasta que se quedó sin frascos. Sin embargo, de alguna manera, no se había quedado sin esperanza. La esperanza es algo extraño y duradero.

Halmoni creía que, de alguna manera, su amor le permitiría encontrar a su nieta.

Y que su nieta encontraría el camino de vuelta a casa.

* * *

Cuando la historia se termina, le pregunto:

—Entonces, si la chica tenía ese collar, ¿era la hija de la chica tigre, la de la primera historia?

La tigre mira por la pequeña ventana. A la luz, parece lejana y casi triste, pero cuando se vuelve hacia mí, sus ojos se ven feroces y cubiertos de sombras.

—Tal vez. Así parece.

—Pero si ése es el caso, ¡no debería haber sido maldecida! El dios del cielo dijo que la curaría. ¡Le mintió! —me siento traicionada. Se supone que las historias tienen finales felices.

Suspira.

—Desafortunadamente, los dioses del cielo no son muy confiables. Quizás este dios tenía una idea diferente de lo que es *curar*. Quizá cometió un error. O tal vez no era tan poderoso como decía ser: tal vez no podía controlar el corazón de ella.

Miro fijamente al tigre.

—Y al final, ¿qué pasó con la nieta?

El tigre baja la cabeza.

—Se marchó.

—¿Alguna vez encontró el camino de regreso a casa?

Cuando el gran felino vuelve a hablar, hay cierta brusquedad en sus palabras.

—Esta historia se acabó.

—Pero la halmoni podría haberlo intentado con más ahínco, ¿cierto? Podrían haber descubierto cómo curar la maldición del tigre y hacer todo mejor.

Un gruñido recorre el cuerpo del tigre.

—La sangre de tigre no es el problema. ¿Sigues creyendo eso?

—Por supuesto que lo creo —pienso en Sam trepando por la ventana y me pregunto si algún día yo también huiré. Me pregunto si esa inclinación salvaje habita en mí... y creo que podría ser así. A veces la siento, bullendo por dentro, y estoy enojada con la historia por hacerme verla—. La sangre de tigre la volvió demasiado salvaje, así que escapó de su halmoni, y luego ambas quedaron muy tristes. ¿Qué tipo de historia es ésa?

—Una historia peligrosa.

Sus palabras resuenan en mis oídos.

—¿Cómo va a curar esta historia a mi halmoni?

—Una cura no se trata de lo que queremos. Se trata de lo que necesitamos. Lo mismo ocurre con las historias.

Tengo esta extraña sensación de estar muy llena, como si fuera a estallar. Voy a explotar. Pero lo único que digo es:

—Necesito que Halmoni mejore.

No puedo leer la expresión de la tigre. Es casi tierna, casi enojada... y también algo más.

—Te veo mañana. Y no te molestes en traer esos lamentables pasteles de arroz.

Se acerca, así puedo sentir su aliento en mi piel, olerlo: es como un olor a calamar seco y un toque de jalea de uva.

—Tráeme el último frasco de estrellas. Y no llegues tarde. Se te está acabando el tiempo.

28

La sala se encuentra en silencio, excepto por el tic-tac del reloj de péndulo. Paso de puntillas junto a mamá, procurando evitar las crujientes tablas del suelo.

Llevo el frasco en una mano y el plato vacío de pasteles de arroz en la otra. Cuando llego al fregadero de la cocina, coloco el plato adentro. Con cuidado, mucho cuidado, de forma sigilosa.

De cualquier forma, en el momento de depositarlo tintinea y, preocupada, aguanto la respiración, pero mamá no despierta. Debería volver arriba cuanto antes, pero me tomo un momento y sostengo el frasco de estrellas contra la ventana.

Ahora el frasco se siente diferente. No tan pesado. Y es como si el vidrio recogiera la luz de la luna, la reuniera toda y la proyectara directamente sobre mí.

—¿Lily?

Por poco dejo caer el frasco cuando me giro y descubro a mamá acostada en el sofá, restregándose los ojos para acabar de despertarse.

—¿Qué estás haciendo? —pregunta.

—Sólo estaba... tenía hambre —me tiemblan las manos y dejo el frasco sobre la barra de la cocina.

Aguardo el momento en que me pregunte por el frasco, en que me diga lo tarde que es, en que me explique la importancia de un horario de sueño regular en momentos de estrés emocional. Pero bosteza y se pone de pie.

Se coloca los anteojos, hace tronar su espalda, pasa por delante del frasco de estrellas y abre la puerta del refrigerador.

—¿Qué quieres comer?

—Eh —digo.

Mamá examina la comida en el interior del refrigerador mientras abre y cierra los ojos con rapidez, tratando de alejar el sueño, y saca el recipiente de plástico del *kimchi* de Halmoni.

—¿Te parece bien? —pregunta, acercándomelo.

Asiento, sin confiar en cualquier cosa que pueda decir. Miro hacia el frasco, pero mamá está demasiado cansada para darse cuenta.

Toma impulso para sentarse en la barra y me hace un gesto para que me siente junto a ella.

Vacilo porque éste *no* es el comportamiento típico de mamá. Pero salto a su lado, a pesar de que todavía tengo cierto temor a que me regañe.

Mamá simplemente retira la tapa y saca un trozo de *kimchi* con los dedos. Luego deja caer un pedazo directamente en su boca y chasquea los labios.

Cuando me extiende el recipiente, examino intensamente a mi madre. En cualquier momento despertará y se dará cuenta de que estaba caminando dormida. Y comiendo dormida. Y rompiendo las reglas dormida.

Mamá suelta una carcajada.

—Lily. Deja de mirarme como si tuviera tres cabezas.

—Es sólo que…

Empuja más cerca el recipiente con el *kimchi*.

—Come.

Así que tomo un trozo de *kimchi* y lo mastico, dejando que el sabor picante-agrio-salado me calme el estómago.

Quizá nada sea demasiado extraño en medio de la noche. Es posible que los espíritus puedan colarse en estos momentos, entre la vigilia y el sueño… pero el amor también lo hace.

Mamá me abraza, acercándome más a ella.

—Lo siento, Lily —me susurra en el oído—. Si pudiera, haría que el mundo se detuviera. Eliminaría todo tu dolor. Pero ya te has enfrentado a cosas muy difíciles. Lamento no haber podido protegerte.

Me muerdo la mejilla. Aunque no es justo hacerlo, quisiera preguntar: ¿*Por qué no pudiste hacerlo?*

Pero pienso en la chica tigre, en cómo dejó atrás a su bebé para no exponerla. Pienso en la halmoni que le dijo a su nieta que se escondiera y luchara.

Esas protecciones no sirvieron de nada. Al final, sólo empeoraron las cosas.

Cuando mamá me mira, sus cejas se elevan un poco, como si estuviera viendo algo sorprendente... algo nuevo.

Está a punto de hablar, pero algo captura su atención.

—¿Dónde encontraste ese frasco?

El corazón me da un brinco.

—Este... entre las cosas viejas de Halmoni.

—Mmm. Me parece familiar —mamá frunce el ceño, sólo un poco. Capto un indicio de entendimiento en su rostro, pero se evapora—. Ah, estoy segura de que lo vi en algún sitio de la casa cuando era niña.

Se desliza fuera de la barra y vuelve a cerrar la tapa del *kimchi*.

—Duerme un poco —me dice en un susurro—. Las cosas siempre son más fáciles por la mañana.

29

Despierto tarde al día siguiente y recupero todo el sueño que perdí con el tigre. Sam no está en el cuarto, pero la ventana está cerrada y la soga está enrollada bajo su cama, así que es una buena señal.

Me visto y me hago las trenzas, luego reviso los frascos de estrellas debajo de mi cama. Anoche me llevé el frasco alto y ahora, nuevamente, están todos juntos, acurrucados en una fila como una pequeña familia.

Bajo las escaleras, pero después de unos cuantos pasos, algo filoso se clava en mis pies descalzos. Levanto un pie y me doy cuenta de que es *arroz*, granos crudos esparcidos por los escalones. Lo cual es raro.

Los aparto a un lado, pero no tengo mucho tiempo para pensar en ello, porque cuando bajo las escaleras, veo que Halmoni ha cocinado suficiente comida coreana para llenar toda la cocina.

Sam le está ayudando, tarareando para sí mientras lleva los platos listos a la mesa, y al ver a mi hermana siento un alivio enorme. Deja unas tortas de arroz con picante sobre la mesa y casi logro detectar una sonrisa en ella. Pero con la misma rapidez, su alegría se desvanece y sacude la cabeza.

Ojalá pudiera saber lo que ella estaba pensando. Si lo hiciera, tal vez podría extender la mano y atrapar la sonrisa de Sam antes de que caiga al suelo y se deshaga en pedazos.

Mamá limpia la cocina, porque eso es lo que siempre hace, pero incluso ella parece alegre, balanceándose hacia delante y atrás, al ritmo de la música que suena en el celular de Sam: una de las canciones que sólo le gustan a Sam, con instrumentos de cuerda interpretando versiones de temas famosos de rock.

Halmoni se ve contenta y saludable; lleva una chalina entre rosa y morada sobre el cabello y sonríe mientras sazona los *naengmyeon*, mis fideos favoritos. Cuando Halmoni cocina, la casa parece expandirse, como si estuviera respirando profundamente, saboreando el aroma de su comida.

El techo parece más alto, las paredes parecen más anchas y las tablas del piso retumban como un estómago vacío mientras camino hacia la cocina para unirme a ella.

—¿Estás haciendo un *kosa*? —pregunto.

Sam niega con la cabeza.

—No. Sólo estamos almorzando, por nuestra cuenta. Los espíritus pueden ocuparse de hacerlo por sí mismos.

Halmoni me sonríe.

—¿Tienes hambre? —pregunta. Sin esperar respuesta, toma un trozo de *kimchi* con dos dedos y me lo ofrece—. Come rápido para que los espíritus no vean —susurra.

En ese momento, se parece tanto a mamá que miro hacia el fregadero, donde mamá está limpiando un plato. Ella también debe ver la similitud, porque guiña un ojo.

Tengo una sensación de plenitud, porque lo de anoche es como nuestro secreto. Y eso es bonito, porque mamá y yo nunca compartimos secretos.

Me como el *kimchi* y mamá dice:

—He estado esperando a que despertaras, Lily. De hecho, hablé con el padre de Ricky esta mañana y…

—Ahora tú, Joanie —interrumpe Halmoni, agarrando un trozo de *kalbi* de ternera e intentando introducirlo en la boca de mamá.

Mamá protesta, agachando la cabeza para alejarse de la carne, pero Halmoni insiste y lo intenta de nuevo.

—Esto es ridículo —dice mamá mientras corre hacia el otro lado de la sala; está tan sorprendida que se echa a reír.

Halmoni la persigue, moviéndose sorprendentemente rápido. De la punta de sus dedos cuelga el trozo de *kalbi*.

—¡Come! ¡Come!

Miro a Sam, que está sonriendo a su pesar.

—Están haciendo suficiente ruido para atraer a todos los espíritus del vecindario —dice, y yo me echo a reír.

Finalmente, mamá se rinde y abre la boca.

—Dios mío, madre —dice, con la boca llena de *kalbi*.

—Escucha —le dice Halmoni a mamá—. Los espíritus dicen que necesitas descansar. Tienes que dejar preocupaciones.

Las cejas de mamá se tensan. Todavía no son una nube que anuncia la tormenta, pero sí, un cambio en el aire.

—Tú bien sabes por qué me preocupo tanto.

Halmoni levanta las manos en defensa.

—No soy *yo* la que dice eso. *Espíritus* decir eso.

Cuando mamá pone los ojos en blanco, Sam y yo nos miramos. Sam apunta la cabeza hacia la habitación del ático. *Vamos*, me indica con gestos silenciosos de sus labios.

Pero no quiero marcharme. Quiero quedarme aquí y traer de vuelta el momento feliz.

—Halmoni —le digo, tratando de distraerla—, ¿qué más hace falta para preparar la comida?

A modo de respuesta, da media vuelta, cruza la habitación arrastrando los pies y me agarra por las muñecas.

—Lily, los espíritus seguir diciendo que tú tengas cuidado. ¡*Cuídate*! ¡*Cuídate*! Me dicen eso a mí.

Paso saliva y miento:

—Me estoy cuidando —a mi lado, siento que Sam me mira fijamente, pero no le devuelvo la mirada.

Halmoni se inclina más cerca y sus ojos se posan en mi cuello, en el dije que oscila justo encima de mi corazón.

—¿De dónde sacaste eso?

Intento soltarme, pero ella me sujeta las muñecas con fuerza.

—¿Qué quieres decir? Tú me lo diste.

—No, es mío. Alguien me da eso, hace mucho, mucho tiempo. Lo recuerdo —ella niega con la cabeza—. Pero no te di a ti. ¿Por qué diciendo eso?

No sé cómo responder, pero Sam interrumpe.

—Halmoni, sí se lo diste. ¿Recuerdas?

Halmoni se da la vuelta y camina hacia Sam. Cuando llega junto a mi hermana, le pasa los dedos por el mechón blanco.

—Se parece como yo, cuando volver a casa. Hace mucho tiempo. Tanto tiempo que intento olvidar.

Siento que se me hielan las extremidades. El dije. El mechón blanco. Ambos estaban en las historias de las estrellas.

Entonces, ésta es otra consecuencia. ¿Y cuántas consecuencias más puedo soportar? ¿Cuántas más puede soportar Halmoni?

Mamá interviene, alejando a Halmoni de Sam.

—No las asustes —susurra—. Deberíamos comer ahora.

Halmoni pasea la mirada entre Sam y yo, confundida. Sus ojos no se ajustan correctamente. Es como si estuviera viendo un mundo diferente.

Pero cuando Halmoni me mira directo a los ojos, retrocede.

—Un tigre —susurra.

Doy un paso atrás.

—¿Qué dices? No. Halmoni. Soy *yo*.

El corazón me ruge en los oídos. El mundo entero está patas arriba. Quiero huir de ella.

Halmoni se balancea un poco: mareada, vacilante.

Espero a que ella me reconozca. A que me vea. Yo soy su Pequeña Eggy. Su Lily Bean.

Pero ella frunce el ceño.

—Tú eres...

Espero a que termine la frase, espero y espero, pero no lo hace.

Y entonces, caigo en cuenta: no logra recordar.

Y no es sólo eso, también hay algo peor: un destello de pánico detrás de sus ojos. No es que no recuerde mi nombre. Es que no me puede recordar.

No me reconoce.

No me *ve*.

En el estómago se instala la sensación de haber tocado fondo, porque hay una extraña en la piel de Halmoni.

¿Quién es Halmoni sin sus recuerdos?

¿Y quién soy *yo* sin Halmoni?

Con la voz quebrándose, susurro:

—Soy yo. Lily Bean.

Halmoni sonríe con una sonrisa plástica como las de mamá.

—Sí, mi Lily Bean. Yo, eh, voy a descansar ahora —me besa en la frente y me estremezco.

—Vamos, mamá —dice mi madre, guiándola de regreso a su dormitorio, cerrando la puerta detrás de ellas. Dejándonos afuera de lo que hablen.

—Va a estar bien —Sam aspira temblorosamente—. Es sólo temporal. Pronto volverá a la normalidad.

Asiento, pero no consigo decir palabra.

—¡La biblioteca! —exclama Sam, sin que venga al caso.

Parpadeo, tratando de encontrarle sentido al mundo.

—Hoy Jensen está haciendo los letreros y esas cosas —toma su impermeable y se lo pone—. Vamos.

Es cierto. En algún lugar de mi memoria, sé que Ricky lo mencionó. Pero no estoy segura de cómo se enteró Sam.

—¿En verdad, quieres hacer eso?

Sam parece confundida, como si *siempre* estuviera participando en actividades de la comunidad y no entendiera mi pregunta.

—Por supuesto. Jensen y yo hemos estado... hablando. Y sí, ya lo sabes. Es bueno ayudar —cuando sus ojos se encuentran con los míos, reflejan impotencia—. Y ahora mismo, no deseo estar aquí.

Sam sale por la puerta antes de que yo pueda responder, y sólo tengo una fracción de segundo para decidir: ¿me quedo o la sigo?

En este momento, no me siento de ánimos para ver otras personas y fingir que estoy alegre, pero un vistazo en dirección a la puerta cerrada de Halmoni me lleva a tomar la decisión.

No puedo quedarme aquí por más tiempo.

30

Sam y yo llegamos a la biblioteca y, cuando abrimos las puertas, escucho música. Y risas.

El cambio de ambiente me deja desorientada.

En un lado de la biblioteca, Jensen se apiña alrededor de su computadora portátil junto a una chica y un chico que parecen de su edad, y al otro lado, Ricky está sentado de espaldas a mí, en una mesa con otros dos chicos. Me siento abrumada y quiero dar media vuelta para irme de inmediato, pero Joe me detiene.

—¡Lily! —grita por encima de la música pop, casi sonriendo.

Me acerco y le presento a Sam, quien le da la mano y sonríe, como si no pasara nada y nuestras vidas estuvieran perfectamente bien.

Joe saca un cupcake de atrás de su escritorio y me lo entrega. Lo recibo, sin saber muy bien qué hacer.

—Estoy haciendo una hornada de prueba —dice. Su bigote se retuerce por encima de su sonrisa—. Dime qué te parece.

Es un gesto amable, pero no creo que pueda comerlo. Ahora mismo, me siento demasiado ansiosa. Me parece que todos pueden ver ABUELA ENFERMA escrito en mi frente, y no quiero encarar el mundo.

Jensen nos ve y se acerca bailoteando; sus caderas se mueven al ritmo de la música.

—¡Sam! —su sonrisa es tan grande que se forman dos paréntesis dobles en sus mejillas—. ¡Y Lily! Me alegra mucho que hayan venido.

Mira a Sam durante dos segundos y dice:

—¿Eres hábil con la tecnología? Para la biblioteca estamos preparando un *boletín informativo* por correo electrónico y asustando a Joe con toda esta tecnología novedosa.

Sam ríe y, si no fuera por la tensión en sus hombros, pensaría que se ha olvidado de lo que acaba de pasar.

Jensen la lleva con ella y entonces me quedo sola frente al escritorio de Joe.

Ésta es la razón por la cual no quería que Sam estuviera aquí. Cuando ella está aquí, no hay espacio para mí. No puedo quedarme en casa. No puedo quedarme aquí. Estoy perdida.

—Lily —Joe se aclara la garganta, con aspecto preocupado e incómodo—, ¿cuál es el problema?

—Ninguno. Debería irme —digo, aunque en realidad no quiero ir a casa.

Joe arruga la frente.

—¿No quieres ver al chico ruidoso y sus amigos?

Miro a Ricky y su grupo, y niego con la cabeza.

Joe suspira y luego, como si ya se estuviera arrepintiendo, dice:

—Puedes hablar conmigo.

No es mi intención hacerlo, pero es como si él hubiese pronunciado un hechizo mágico, y lo hago.

—Mi halmoni solía contarnos estas historias cuando era pequeña. Y realmente las amaba. Pero ahora estoy descubriendo estas nuevas historias y son diferentes. Dan miedo. Y creo que son… peligrosas, porque están haciendo que las cosas cambien en maneras que no creo que sean buenas. En realidad, creo que las cosas están peor ahora, todo porque decidí escuchar estas nuevas historias y…

Me doy cuenta de que todo aquello es un sinsentido, así que respiro hondo y agrego:

—Echo de menos la forma en que solían ser las cosas. No quiero que nada cambie.

Aprieto los labios con fuerza, horrorizada de haber dicho tanto. Pero dejar salir las cosas también es un alivio. Miro de nuevo a Sam, a Jensen, a Ricky y al resto, pero están ocupados y, de todos modos, no pueden oírme a causa de la música.

Joe asiente lentamente.

—A medida que uno se hace mayor, recaba más información y ve las cosas desde diferentes perspectivas. Entonces, naturalmente, a veces las historias que te cuentas a ti misma... pueden cambiar.

Me aprieto los dedos de las manos.

—Pero ¿qué pasa si esas historias no son lo que quieres que sean?

Su mirada se ha suavizado.

—¿Sabes por qué me convertí en bibliotecario?

Espero a que me lo diga, pues por supuesto no lo sé.

—Dewey —dice—. Como en el sistema decimal.

No estoy segura de si está bromeando o no, pero continúa hablando:

—Me gusta el orden. Me gusta la organización. La idea de que toda la información del mundo, toda esté organizada, todo en su lugar: me gusta esa idea.

Se aclara la garganta.

—Pero he estado haciendo este trabajo durante mucho tiempo. Y si algo he aprendido es que las historias no son acerca del orden y la organización. Son acerca de sentimientos. Y los sentimientos no siempre tienen sentido. Verás, las historias son como... —hace una pausa, frunce el ceño, luego asiente, satisfecho de encontrar la comparación correcta—: agua. Como la lluvia. Podemos tratar de sujetarlas con fuerza, pero siempre se nos escurren entre los dedos.

Intento ocultar mi sorpresa. Joe no parece una de esas personas amantes de la poesía.

Sus cejas de oruga se juntan y se fruncen.

—Eso puede ser aterrador. Pero recuerda que el agua nos da vida. Conecta continentes. Conecta a la gente. Y en momentos tranquilos, cuando el agua está serena, algunas veces podemos ver en ella nuestro propio reflejo. ¿Entiendes de qué te estoy hablando?

—Más o menos —digo, aunque no estoy del todo segura.

Los ojos de Joe casi parecen estar brillando y me pregunto qué se le ha escurrido entre los dedos. Sólo había pensado en él como en el Bibliotecario Gruñón, pero ahora me doy cuenta de que sólo vi una parte de quien es. Su historia es mucho más grande. Ha tenido toda una vida propia, una vida que tal vez yo nunca llegue a conocer.

—Gracias, Joe —le digo.

Mira por encima de mi hombro.

—Bueno, el chico ruidoso está saludando con gestos frenéticos.

Detrás de mí, escucho la voz de Ricky.

—¡Lily!

Me doy la vuelta y ahí está Ricky con los otros chicos.

—¡Hola! —dice, sonriendo—. Éstos son mis amigos, y ahora también son tus amigos.

Me los presenta: Connor, un niño pálido con lentes de plástico verde, y Adam, un niño pecoso con el cabello rojo y rizado.

Los tres *son muy parecidos*. Todos tienen el mismo tono de piel, la misma altura, la misma energía desbordante.

Añadirme a mí a esta mezcla es como arrojar una zanahoria en un tazón de ensalada de frutas y esperar que nadie note la diferencia.

Intento actuar como una chica normal. Intento no volverme invisible. Intento fingir que todo está bien en casa.

Pero me esfuerzo tanto que me olvido de responder.

—Hola —balbuceo después de un segundo, forzando una sonrisa.

Connor y Adam rodean a Ricky, y él está en el centro. Así que resulta que sí tuve razón desde el principio: Ricky es una persona que atrae amistades.

—¡Oh, Dios! ¿Cómo conseguiste uno de los cupcakes de Joe? —pregunta entonces.

Me miro la mano. Olvidé que lo tenía allí y se lo ofrezco para que se lo coma.

—Eres la mejor —dice al tiempo que lo toma y le da un mordisco—. Éstos son muy buenos. Pero todavía tengo antojo de pudín.

Connor, el de las gafas, resopla.

—¿Pudín, Ricky? ¿En serio? El pudín es asqueroso.

Ricky niega con la cabeza, ofendido.

—El pudín de chocolate es el cuarto alimento más delicioso. Todo el mundo lo sabe —mira hacia la mesa de los adolescentes—. Voy a preguntarle a Jensen si tiene pudín.

Adam, el de las pecas, niega con la cabeza.

—Relájate, colega —se vuelve hacia mí y sus ojos se arrugan un poco. Me resulta familiar, aunque no estoy segura de por qué—. Entonces, Lily, ¿de dónde eres?

Mi cerebro se queda en blanco por un segundo. Luego digo:

—Vivo al otro lado de la calle.

Por alguna razón, siento que ésa no era la respuesta que estaba esperando, pero asiente a medias, con un rápido movimiento de barbilla.

—¿Te refieres a la casa de la colina? ¿Vives con esa señora?

—Ella es mi abuela.

Las cejas de Connor se elevan.

—¿La bruja loca es tu *abuela*?

Quiero decirle que *loca no es una palabra muy considerada*. Pero mi boca se siente seca.

Connor sigue hablando:

—Eso es genial. Escuché que ella hace cosas como hechizos y echa maldiciones a otras personas. ¿Te enseñó a hacerlo? ¿Puedes echarle una maldición a alguien?

Miro a Ricky, esperando que defienda a Halmoni, que me defienda a mí. Pero tan sólo le da otro mordisco al pastelillo y asiente.

—No, ella no le echa maldiciones a las personas—dice Adam—. Las cura. Mi mamá está convencida de que la abuela de Lily curó su asma. Pero mamá también cree en los psíquicos de la televisión, así que quién sabe —y me doy cuenta de por qué me parece tan familiar: conocí a su madre en el supermercado. Tienen el mismo cabello rojo y las mismas pecas. Ella es una de las amigas de Halmoni.

Connor no está convencido.

—No lo sé. En todo caso, la bruja *da miedo*.

Me llevo los dedos al cuello en busca del collar, pero los dejo caer rápidamente. Ha dejado de ser efectivo.

—Yo... —la culpa se me clava en el estómago. Debería defender a Halmoni, pero todas mis palabras se han evaporado.

Y por un instante, ya no quiero defenderla. Por un momento, desearía que fuera una abuela normal, una que hace *brownies* en lugar de *kimchi*. Que teje bufandas en lugar de mezclar extrañas hierbas coreanas.

Ricky finalmente habla, con la boca todavía llena.

—Chicos, la abuela de Lily no inspira miedo. No es su culpa que sea así. Está enferma, así que tiene alucinaciones que la hacen actuar de esa manera, como si la asustaran los fantasmas y los tigres y esas cosas, ¿verdad, Lily?

El suelo se convierte en un agujero negro, la boca de un tigre, las fauces abiertas de par en par, y yo voy cayendo, tragada por completo.

Se suponía que él no debía contarlo.

Pero ésa no es ni siquiera la peor parte.

La peor parte es que cuando escuché a Ricky decir eso, sentí como si la enfermedad fuera todo lo que Halmoni es. Como si la enfermedad fuera la *razón* por la cual es como es.

Pero Halmoni no es así porque esté enferma. Ella es así porque es *Halmoni*. Porque es mágica. Siempre ha sido así.

Ahora se siente como si hubiese algo *malo* en ello.

Halmoni compra arroz, piñones y hierbas para hacer magia, alimenta a los espíritus, cree en todas las cosas que no se pueden ver. Vive en una casa en la cima de una colina, una casa cubierta de enredaderas, con ventanas que vigilan como ojos que no pestañean.

Es una bruja que se cierne sobre el pueblo, como salida de una fábula.

Ella no es normal.

Yo no soy normal.

Y yo que pensé que Ricky estaba de mi lado, pero no lo está. Es horrible, igual que esos otros chicos horribles, y me equivoqué al pensar que alguna vez podríamos ser amigos.

Siento como si hubiera un foco sobre mí y mis ojos comienzan a arder. Me quedo mirando al suelo y me imploro a mí misma no llorar.

Connor se ve incómodo, sus ojos se mueven entre Ricky y yo.

—¡Pudín! —suelta de sopetón—. Ricky, tal vez deberías pedirle pudín a Jensen: ahora.

—Yo lo traigo —me siento agradecida por ese pretexto para escapar.

Camino veloz. Ricky me llama, pero necesito alejarme de ellos. Camino por el pasillo, paso junto a Jensen, Sam y los otros adolescentes, paso hileras de libros, hacia la sala de personal, en la parte trasera de la biblioteca.

Está en silencio aquí atrás, y el silencio suena como el alivio. El póster del gato me dice que me quede ahí.

Respiro hondo y abro el refrigerador para sacar un pudín de chocolate.

Y luego, me detengo.

Esto es ridículo. Ricky se portó mal conmigo, y yo no defendí a Halmoni ni a mí misma, y ahora *le voy a llevar un pudín*.

Esto es patético. Es el comportamiento clásico de una CATYC.

Pero un pensamiento se me mete en la cabeza, inesperadamente. No es un pensamiento que debería pertenecerme. Es como si viniera de otra parte. Pero mientras estoy allí, mirando el pudín, ese pensamiento se me instala en el estómago, espeso y pesado como el lodo.

31

ntes de que pueda dudar de mí, agarro el pudín de chocolate, me vuelvo invisible y salgo por la puerta trasera de la sala de personal, hacia la lluvia.

El suelo es blando y resbaloso y, pensándolo bien, se parece mucho al pudín.

Retiro la tapa de aluminio, con cuidado y sólo un poco, para que no sea posible saber que el envase se ha abierto a menos que se inspeccione con mucha atención. Luego me agacho, dejo un poco de pudín en el suelo y echo lodo adentro.

Halmoni le había dado lodo a papá porque a menudo hablaba sin pensar. Y si Ricky quiere una maldición, la va a tener. Pongo mis manos sobre el pudín y concentro toda mi energía en él, sintiéndome ridícula pero también poderosa.

No soy una chica débil y callada. Defenderé a mi halmoni. Soy valiente, y sí, sí creo.

Miro el pudín y pienso: *Sé amable, Ricky. Piensa antes de hablar.* Luego agrego: *Y que te duela el estómago.* Como un deseo adicional.

El corazón grita con furia en mis oídos, y casi espero ser pillada por Jensen o por Joe, pero no hay nadie más alrededor. Nadie excepto...

Levanto la mirada y veo a la tigre sentada frente a mí, con la cola bailando bajo la lluvia.

—¿Qué estás haciendo aquí? —pregunto, limpiando mis ojos de las gotas de lluvia.

—¿Qué pasa? ¿Acaso un tigre no puede disfrutar de la biblioteca? Resulta que es mi lugar favorito.

La miro con intensidad.

—¿Qué quieres?

Levanta un hombro y luego lo encoge, y sus rayas se ondulan como olas.

—Sólo estoy observando. Así como ustedes nos observan en los zoológicos.

Bajo el pudín y dejo que la lluvia se deslice por mi boca mientras digo:

—Hoy Halmoni se olvidó por completo del collar y del mechón blanco de Sam.

—¿Estaba olvidando o estaba recordando?

La miro, harta de acertijos.

—Debes llegar al final...

—¿Y luego *qué*? —interrumpo—. ¿Y luego Halmoni se cura? ¿Y entonces las historias dejan de dar miedo? Dime qué sucede.

No responde.

—Estoy harta de que todos me oculten cosas. Estoy harta de que la gente actúe como si yo no estuviera allí, o no importara, o no pudiera hacer nada.

El pudín tiembla en mis manos.

—No soy una chica invisible. No soy una CATYC.

Me doy la vuelta y me encamino de regreso hacia la puerta de la biblioteca.

—Me equivoqué contigo —dice la tigre.

Me detengo, pero no me doy la vuelta. Siento una picazón en la nuca.

—Parece que, después de todo, sí tienes un lado de tigre.

Me giro para mirarla y se sienta, mirándome mientras mueve la cola.

Por un segundo, sus palabras casi se sienten verdaderas. Me siento feroz y fuerte. Me siento imparable, como si mis dientes pudieran convertirse en cuchillas y mis uñas en garras. Como si pudiera defenderme a mí misma y nadie pudiera ignorarme.

Pero yo no soy como el tigre, el tigre es el villano y yo soy la heroína. Yo soluciono cosas, ya sea la rudeza de Ricky o la enfermedad de Halmoni. Yo mejoro las cosas y no engaño a la gente, haciéndoles esperar *por el final* mientras suceden cosas malas.

—Yo no soy un monstruo —le digo—. Déjame en paz.

Suelta un chasquido, un sonido agudo que sale chirriando entre los dientes.

—Como quieras.

Y luego, en un instante, ha desaparecido. Estoy sola de nuevo, bajo la lluvia, con el pudín apretado contra el pecho.

Me sacudo su imagen de la cabeza y me recupero, luego me apoyo contra la puerta, con el corazón latiendo a todo galope.

No permitiré que me haga sentir mal. No permitiré que me haga vacilar.

Me escurro el cabello, sacudo las gotas de mi gabardina y me limpio el rostro con una toallita de papel. Luego tomo otra toallita para secar el recipiente del pudín y aliso la tapa de aluminio. Estoy sorprendida de mi trabajo manual. Sería difícil notar que he tocado su interior.

Agarro una cuchara de plástico de uno de los cajones y me dirijo al grupo de Ricky. Con el tigre lejos y el pudín de chocolate y lodo en la mano, me siento mucho mejor que antes.

—¡Estás toda mojada! —anuncia Ricky cuando le paso el molde y la cuchara.

Adam frunce el ceño.

—¿Estás bien?

—Sólo quería un poco de aire —digo.

Ricky no escucha la tensión en mi voz.

Ricky confía en mí.

Levanta la cuchara, retira el papel de aluminio sin notar nada.

Demasiado tarde, pongo en duda mi decisión. Quizás, al menos, no debería haber agregado la parte del dolor de estómago.

Pero no lo detengo. Me quedo allí y miro mientras da una cucharada, se la lleva a los labios y traga.

Ese momento se extiende hasta el infinito.

Luego arruga la nariz.

—Algo sabe raro en este pudín.

—No lo comas si sabe raro —dice Adam.

—Espera —dice Ricky. Toma otro bocado y confirma con la cabeza—. Sí, el pudín sabe raro.

Me siento un poco mareada. Necesito salir de allí, pero no puedo marcharme ahora sin ser obvia.

—Creo que tiene algo —Ricky da otro bocado y sacude la cabeza—. No estoy seguro de qué es...

Connor lo agarra de las manos de Ricky y lo prueba.

—Raro —dice—. Muy raro, sin duda.

Adam mira con asco el recipiente.

—Si crees que sabe raro, no te lo comas. La consistencia parece bastante extraña. Podría ser popó.

Los ojos de Ricky se abren de par en par.

—¡¿Comí *popó*?!

Al otro lado de la biblioteca, veo a Jensen que nos mira confundida, y todos los chicos comienzan a hablar de popó al mismo tiempo.

—¡Sólo era lodo! —digo abruptamente.

Se quedan en silencio, mirándome. Presa del pánico, trato de volverme invisible, pero ellos no me quitan los ojos de encima.

—Era sólo lodo —digo, ahora de forma más calmada—. El lodo no es tan malo.

Abren los ojos de par en par, consternados y Ricky me mira con una mezcla de miedo y asombro.

—Me *echaste una maldición* —susurra.

Y ya no soy capaz de soportar más. Me doy media vuelta, salgo corriendo de la biblioteca y cruzo la calle sin mirar en ambos sentidos.

La puerta de la biblioteca se cierra de golpe detrás de mí y escucho a Sam pronunciar mi nombre, pero no miro atrás. No me detengo. Avanzo saltando los escalones de tres en tres, acercándome más y más y más a la casa de la bruja.

32

Cuando llego a la casa de Halmoni, jadeando, salvaje, mamá está hurgando en los armarios de la cocina.

—¿Has visto el arroz? —pregunta sin darse la vuelta—. Podría jurar que teníamos una bolsa grande de arroz, pero no puedo encontrarla. Necesito algo para calmar el estómago de Halmoni...

Sam irrumpe por la puerta detrás de mí, jadeando también, con los ojos muy abiertos.

—¿Qué *hiciste*? ¡¿Fue en serio?! ¡Me avergonzaste por completo!

—¿Te avergoncé a *ti*? ¡Deja de actuar como si todo girara en torno tuyo!

Mamá se vuelve y fija en nosotras sus ojos enrojecidos. Me doy cuenta de que ha estado llorando.

—Un momento —dice—, ¿qué está pasando?

Sam y yo respondemos al mismo tiempo.

—Nada —digo yo.

Pero Sam dice:

—Lily puso *lodo* en el *pudín* de ese chico.

—¡Sam! —digo entre dientes mientras siento el latigazo de la traición total. *Las hermanas guardan secretos. Las hermanas se guardan los secretos entre sí.*

Mamá espera que le demos más información, pero ninguna de las dos habla.

—¿Perdón? —pregunta finalmente.

Sam me mira y se muerde el labio.

—Lo siento, se me escapó... —comienza a decir, pero mamá la interrumpe.

—Lily, ¿de qué está hablando Sam? ¿Cuál chico?

Miro a Sam, deseando que pudiera succionar las palabras de nuevo en su pecho y taparlas con un corcho.

Pero están ahí afuera y no puedo hacer nada al respecto.

—Ricky —murmuro.

Mamá hace una pausa. Su rostro palidece.

—Sam —dice, con una voz demasiado suave—. Halmoni no se siente bien. ¿Por qué no le llevas algunas de tus galletas de nueces? Lily y yo necesitamos un momento a solas.

Sam intenta captar mi atención, pero no la miro. Agarra sus galletas y desaparece en la habitación de Halmoni.

Me deja a solas con mamá. Y mamá está furiosa.

No es que antes no hubiera visto el lado enojado de mamá, pero ella siempre está enojada con Sam. Yo nunca *soy* el problema. Nunca soy *yo*.

—¿Qué estabas *pensando*? —pregunta—. ¿Qué se te metió en la cabeza para hacer tal cosa?

No contesto. ¿Por dónde podría siquiera empezar?

—No, no. No importa. Sé *exactamente* de dónde provino la idea del lodo. No creas que no me doy cuenta. Dios mío, ¿cómo pude fallar de una forma tan *terrible*?

Odio cómo todo el mundo convierte esta situación en algo personal. Yo soy la que lo hizo, y me están borrando de en medio.

—Vi algo que estaba mal, así que hice algo al respecto.

—De acuerdo, Lily, pero darle de comer lodo a tu amigo también estuvo *muy mal* —mamá exhala un largo soplo de aire—. Sé que las cosas han sido difíciles. Pero nunca esperaría que actuaras así. Esto parece más bien algo que *Sam* haría.

Quiero decirle que tal vez la idea que ella tenía de *Sam* y *Lily* no es tan clara como pensaba. La historia siempre ha sido que Sam se porta mal y yo soy invisible.

Pero quizá Sam no puede reclamar toda la ira del mundo. Quizá yo no *quiero* ser invisible.

—Lily, entiendo que estés afectada. Pero tú no eres así.

Excepto que... sí soy.

He cambiado. Tal vez las historias de las estrellas en verdad me han cambiado, o tal vez yo me cambié a mí misma. De alguna manera, es emocionante y aterrador a un tiempo.

Mamá se pasa las manos por la cara.

—El padre de Ricky acaba de ofrecerme un trabajo. Eso es lo que te iba a decir esta mañana.

Inhalo lentamente.

—¿Qué?

—Su papá... —suspira—. Estábamos hablando acerca de mi búsqueda de empleo y me llamó para ofrecerme un puesto de contadora en la fábrica Everett Mills. Es sólo que... Fue un gran alivio conseguir un trabajo y... bueno, ése no es el punto.

Ahora me siento mal. Pero no lo sabía. No es mi culpa. Y el papá de Ricky no va a despedir a mamá por algo que yo hice.

—De cualquier forma, tienes que disculparte con ese chico. Lo sabes, ¿cierto?

La Lily de California habría asentido y habría hecho lo que le ordenaban. Pero yo ya no me limito a seguir órdenes. Nadie me dice qué hacer. Ni siquiera los tigres.

—¡Pero mamá, él estaba siendo odioso con Halmoni! Tú no lo escuchaste. Él y sus amigos la llamaron bruja. Dijeron que estaba loca y que era aterradora. *Eso* fue muy malo. El *lodo* no es tan malo.

Mamá me jala hasta la mesa de la cocina para sentarme junto a ella. Sus labios todavía son una delgada y apretada línea blanca. Su rostro y cuello todavía están enrojecidos. Pero parte de la ira desaparece de sus ojos.

—Escucha, Lily. No estaba allí, pero estoy segura de que sé exactamente lo que estaban diciendo. *Toda mi vida* crecí teniendo que encarar eso. Halmoni es excéntrica y extraña, y no todo el mundo comprende su individualidad.

Paso las uñas contra la mesa.

—Lo excéntrico y lo extraño no son cosas malas.

Mamá suspira.

—Eso lo sé yo. Tú lo sabes. Pero otras personas no siempre son tan gentiles. Y es difícil, sobre todo ahora. Pero Halmoni no necesita que le pongas lodo en el pudín a otras personas. Ella necesita que estés aquí, que te enfoques en ella. Y cuando haces algo como lo que hiciste, gastas más energía en las personas que no entienden a Halmoni que en la propia Halmoni.

En aquel momento, sentí que estaba haciendo lo correcto. Estaba protegiendo a Halmoni. Pero ahora mamá me hace sentir como si hubiera hecho algo malo, como si de alguna manera haber hecho eso hubiera *lastimado* a Halmoni.

El estómago se me retuerce, como si me hubiera comido mi propio pudín de lodo.

—¿Alguna vez te has sentido avergonzada de que ella sea tu mamá? —pregunto en un susurro. Las palabras salen a toda velocidad. Mi corazón late con fuerza, casi tan fuerte como cuando hablaba con el tigre: como si hacer esa pregunta fuera tan aterrador como enfrentar a una bestia—. ¿Alguna vez te avergonzaste de ella cuando eras niña?

—Oh —mamá se ablanda—. Por supuesto que sí. Creo que todo el mundo se siente avergonzado por su familia algunas veces. Pero la vergüenza nunca fue tan fuerte como el orgullo que sentía, porque ella es bastante increíble, ¿no te parece?

Asiento, y luego recuerdo algo más que dijo Joe la primera vez que hablamos.

—Joe, el bibliotecario, dijo que Halmoni y tú eran muy cercanas —rasco la pintura púrpura que se está despegando de la mesa—. ¿Qué pasó?

—Nada malo, Lily. Todavía seguimos siendo cercanas —entonces corrige, porque ambas sabemos que es una mentira—. Todavía *la amo*.

Mamá da golpecitos con los dedos sobre su rodilla.

—Tu halmoni trabajaba mucho cuando yo era pequeña. Cuando nos mudamos aquí, aceptaba muchos trabajos ocasionales. Encontraba cosas con las que la gente necesitaba ayuda y averiguaba cómo hacerlo.

Después de un instante continúa:

—Y yo quería ayudarle. Así es como pasábamos el tiempo juntas. Yo era su pequeña asistente, siguiéndola a todas partes, traduciendo, escribiendo todo en inglés.

No puedo imaginar a mamá siguiendo así a Halmoni. En realidad, no logro para nada imaginarla como una niña, y me pregunto cómo solía ser, si también solía ser una CATYC. Y si lo fue, me pregunto cómo consiguió cambiarlo.

Mamá dice:

—Halmoni hizo que las cosas funcionaran en un mundo en el que estaba en completa desventaja, pero siempre estaba tan ocupada. Era una madre soltera, de modo que tenía que ser así. Ésa fue la parte más difícil, porque a veces no tenía tiempo para mí.

No entiendo cómo Halmoni puede ser la única persona que me hace sentir que alguien me ve de verdad, pero también puede hacer que mamá se sienta tan olvidada. ¿Cómo es eso posible? ¿Cómo podría una persona hacer cosas tan opuestas al mismo tiempo?

—¿Y entonces? —mi voz se quiebra. Tengo miedo de lo que vendrá después.

Pero mamá sacude la cabeza.

—No hay nada malo, Lily. Nada mágico o interesante, no como en sus historias. Fue sólo... la vida real. Crecí.

No quiero ser así cuando sea mayor. Yo no quiero separarme o alejarme. Levanto las piernas y doblo las rodillas contra el pecho.

—Lily, mi relación con Halmoni nunca terminó. Simplemente cambió.

—No quiero que las cosas cambien —digo.

Me mira con gran intensidad, como si necesitara que yo entendiera.

—Lily, todo cambia. Eso es normal. Pero nunca dejé de amarla. Por eso estamos aquí, porque la amo mucho. Todos la amamos. Y sé que los episodios de Halmoni dan miedo, pero ella también te ama. Esos lapsos momentáneos son la enfermedad, no es ella.

Pienso en el lodo y un pozo de vergüenza se expande en mi estómago.

—La decepcioné —digo.

—Yo también —dice mamá, en voz tan baja que sus palabras casi se pierden por el sonido de la lluvia—. Pero estamos haciendo lo mejor posible por ella, y eso es lo que importa. Todas estamos haciendo nuestro mejor esfuerzo.

33

Mamá quiere que me disculpe, pero me da tiempo para que reflexione, así que decidimos: será mañana.

Esta noche: *Piensa en lo que vas a decir*. Esta noche: *Duerme un poco. Descansa*.

Lo cual no debería ser difícil porque para cuando llega la noche, estoy exhausta.

Sam está arriba esperando.

Está sentada con las piernas cruzadas sobre la cama, los auriculares sofocándole los oídos; se los quita en cuanto me ve llegar.

—No era mi intención delatarte.

Paso junto a ella y me dejo caer en mi cama.

—Pero tienes que admitir —dice— que fue una locura. ¿Por qué *hiciste* eso?

Cierro los ojos. Tengo que ver al tigre más tarde, pero por ahora me siento bien en mi cama cálida y acogedora.

—¿Lily? —insiste Sam, inclinándose hacia delante en su cama. Hay cierto pánico en el tono de su voz—. ¿Qué sucede contigo? Respóndeme. Ya dije que lo sentía. ¿Por qué no me respondes?

Finjo que soy Sam, con los auriculares pegados a los oídos. Finjo que soy Sam, mirando una pantalla resplandeciente, ignorando el mundo a mi alrededor. Finjo que soy Sam y no respondo.

Si a ella no se le pueden confiar secretos, no le diré ninguno.

Me acurruco en la cama y me cubro la cabeza con las mantas.

Hace mucho, mucho tiempo, cuando el tigre caminaba como un hombre, había dos hermanas...

Sam exhala sonoramente.

—¿*De verdad* me vas a ignorar?

Las dos hermanas se amaban, más que nada ni nadie. Más que a los pasteles de arroz. Más que a la tierra. Más que a las estrellas.

—¿Sabes? —continúa—: No es como que el lodo realmente mantenga a la gente con los pies en la tierra o algo así. No hay magia. Quiero decir, no existe, en verdad. Tenemos que madurar. No podemos seguir creyendo en todas esas cosas.

Enterrada bajo las sábanas, miro los pequeños agujeros en mi edredón. Parecen estrellas y a una de ellas le pido un deseo. Deseo que Sam deje de hablar.

Pero no lo hace. Sam está encarrilada y no se detendrá ahora, no importa con cuánta fuerza lo desee yo.

Me dice:

—¿Crees que todo esto se refiere sólo a ti? ¿Crees que eres la única que está molesta? Odio esto. Odio este lugar. Odio que estemos viendo a Halmoni olvidar su vida y olvidarse de nosotros y que la estemos viendo *morir* —las palabras salen de su boca velozmente. Respira hondo—. Pero sea lo que sea. Sólo quiero que termine. Quiero que *termine* ya.

Sus palabras enfrían la habitación unos diez mil grados.

El corazón me palpita a toda prisa y aparto las mantas.

—Retira lo dicho—respondo—. Toca madera.

Su voz es como un cristal roto y astillado.

—Ya no creo en esas cosas.

—Pero tienes que creer. ¿Cómo puedes decir eso?

No responde. Pasa saliva y parece casi dudosa, como si supiera que está equivocada.

Pero luego se encoge de hombros y se da la vuelta para desaparecer entre sus mantas.

* * *

Me quedo tendida en la cama, inmóvil, respirando con dificultad, esperando por un tiempo que me parecen horas, hasta que Sam se duerme.

Cuando está roncando, cuando no hay moros en la costa, me escabullo escaleras abajo para entregar el tercer frasco de estrellas al tigre. Puede que Sam no crea, pero yo sí.

Empujo la puerta del sótano para abrirla, pero cuando termino de bajar los escalones crujientes, sólo encuentro un espacio vacío.

El tigre no está.

Es sólo un sótano polvoriento con un montón de cajas viejas, iluminado por una delgada franja de luz que viene de la ventana.

—¿Hola? —susurro, pero no hay nada. No hay rastro de magia esta noche.

El tigre dijo que se nos estaba agotando el tiempo para ayudar a Halmoni, y ahora no está aquí y no sé la razón, pero de repente la recuerdo.

Le dije al tigre que me dejara en paz y me respondió: *Como quieras.*

Sólo que no quise decir que me dejara en paz para siempre. Ahora se ha ido, y no sé cómo deshacer el deseo.

34

Despierto con la preocupación oprimiéndome el pecho, tan pesada como un tigre.

Esperé en el sótano durante casi una hora, pero nunca apareció, y nunca sentí ese *tirón* justo debajo del corazón: esa inquietante sensación de impaciencia que me decía que me estaba esperando.

Si está enojado por lo que dije, si yo llegué a desear que se fuera y que no volviera al sótano, tengo que encontrarlo en otro lugar. Tengo que hacer que regrese y terminar las historias antes de que haya más consecuencias. Antes de que ocurra la peor consecuencia.

Estoy distraída la mayor parte de la mañana, pero después del desayuno mamá me dice que suba a vestirme. Es hora de disculparse.

—Te vas a sentir mejor después de hacerlo —me dice, y sé que tal vez tenga razón, pero aun así me toma una eternidad alistarme, cepillarme los dientes durante cinco minutos, hacerme las trenzas y volverlas a hacer.

No es que no quiera pedir perdón. Pero no tiene por qué ser *ahora*. Tengo otras cosas en que pensar. Antes de bajar, parto un nuevo trozo de artemisa y me lo guardo en el bolsillo. No sirvió de mucho para protegerme del tigre, pero tal vez me proteja de conversaciones incómodas.

Luego tomo el sombrero de copa de camuflaje de mi tocador. Tengo que devolverlo.

Lo sostengo en las manos y trato de ignorar la tristeza que me invade, la sensación de que algo ha cambiado y nunca volverá a ser igual.

Mamá me hace entrar en el auto y me lleva a casa de Ricky.

—Tienes que hacerlo ahora, Lily —dice—. Si dejas las cosas para después, nunca las vas a hacer. Se volverán más difíciles y atemorizantes, y un día te darás cuenta de que se te acabó el tiempo.

No contesto. Distraídamente jugueteo con la artemisa en el bolsillo, dejando que sus rugosidades y el crujido me calmen.

Mamá mira de reojo.

—¿Qué es ese ruido?

Me quedo congelada. No estoy del todo segura de lo que va a pensar mamá acerca de la artemisa que he traído, pero sé cómo reacciona ante la mayoría de las cosas de Halmoni… probablemente no va a reaccionar bien.

—Nada —digo.

Su mirada se aguza.

—Lily, muéstrame lo que tienes en el bolsillo.

No vale la pena luchar por ocultarlo, así que la saco y la sostengo en la palma de la mano.

Frunce el ceño.

—¿Eso es artemisa?

—Sí.

Mamá vuelve su mirada a la carretera mientras conduce y suspira:

—¿Asumo que te la dio Halmoni?

El tono de su voz parece una advertencia, pero le digo:

—Sí.

—Ése es un remedio herbal que ha estado tomando Halmoni. Le ayuda a controlar sus náuseas, pero algunas personas creen que provoca sueños muy vívidos y pesadillas. Ninguna de estas conjeturas se basa en evidencias, por supuesto, y no es algo peligroso. Pero tú no necesitas más estrés.

—Ah —miro de nuevo el manojo de hierbas arrugadas en mi palma. No he soñado con nada extraño. A menos que lo del tigre fuera todo un sueño…

Pero no. El tigre era real. Sé que lo era.

—Estoy bien —le digo—. Halmoni dijo que esto era una protección.

Mamá frunce los labios: tiene la expresión de quien prefiere elegir sus batallas.

—De acuerdo, sólo ten cuidado. No te la comas o algo así —dice. Y luego—: Ya llegamos.

Mamá estaciona el auto. Caminamos junto a los sofisticados arbustos y tocamos el sofisticado timbre, y el sofisticado padre de Ricky nos abre.

—Joan —dice—, gusto en verte. De nuevo.

Mamá hace una mueca.

Y de verdad, de verdad, no quiero decirle nada al papá de Ricky, pero cuando algo está mal, tienes que solucionarlo. Sobre todo, cuando está mal por tu culpa.

—No culpes a mi mamá —le digo—. Ella es muy buena trabajadora y no hace... cosas extrañas.

Por su semblante, se diría que mamá no logra decidir si me quiere abrazar o esconderse detrás del arbusto con forma de conejo.

El papá de Ricky casi sonríe.

—Es algo que reconozco. Sé bien lo que implica tener un hijo extraño.

No estoy segura de cómo responder a eso, pero lo tomo como una victoria de mi parte.

—Hablando de chicos extraños —dice, y luego llama en voz alta hacia el interior de la casa—. Ricky, lleva a tu amiga a tu guarida.

La frase *Lleva a tu amiga a tu guarida* tiene una pizca de invitación al asesinato, pero cuando aparece Ricky, luce avergonzado. Lleva una gorra de béisbol negra sin nombres ni nada. Es lo más normal que le he visto sobre la cabeza.

Me saluda con un gesto inseguro y luego me lleva a la sala de tema azul. Básicamente es igual a la habitación roja, sólo que unos cuantos grados más fría. Me recorre un escalofrío.

Ricky se sienta en el sofá y yo hago lo mismo, ubicándome en el extremo opuesto. Los cojines son grumosos y duros, y me parece que debería empujar los hombros hacia atrás y sentarme con la postura adecuada.

—Aquí está tu sombrero —le digo, entregándole el sombrero de copa.

Lo recibe sin mirarme a los ojos y lo coloca en el espacio entre los dos.

—Gracias.

Ricky clava la punta de un zapato en la alfombra, mirando hacia el techo y luego hacia el suelo, aunque no hay nada interesante que ver.

Me aclaro la garganta varias veces.

No hay nada más incómodo que tus padres te obliguen a interactuar. Hubiera estado bien si hubiera venido a disculparme por mi cuenta. Pero esto es *muy raro*.

En la escala del silencio incómodo al silencio ocupado, éste se ubica en el nivel de "preferiría desaparecer".

Me obligo a hablar.

—Discúlpame por lo del lodo.

Ricky suspira.

—Yo también me disculpo. Lamento las cosas que dijimos sobre tu abuela. Quiero decir, tu harmonía.

Parpadeo en su dirección, desconcertada.

—Quiero que te sientas más cómoda, así que estoy usando la palabra coreana —explica—. Pero si quieres dejo de hacerlo. No sé lo que quieres. ¿Qué quieres?

—Oh —digo—. Se dice *Hal-mo-ni*, no *Harmonía*. Pero sí, puedes llamarla como quieras.

No esperaba que él se disculpara y ahora no sé qué hacer.

Traga saliva.

—Te pido disculpas por juzgar tu cultura y por ser intolerante con otras creencias. Creé un ambiente hostil y... —arruga el rostro, como si estuviera tratando de recordar las líneas que tiene que recitar. Luego suspira y se encoje, mirándome con el dolor reflejado en el semblante—. En verdad, lo siento. Mis amigos y yo podemos ser de lo peor a veces. Sé que mi papá cree eso. Y estoy seguro de que mis profesores también lo creen. Y... ya sabes, todo el mundo.

Me muerdo el labio. El padre de Ricky parecía más amable que en el supermercado, pero de todos modos es triste que Ricky se sienta así.

Toma aire y continúa.

—Pero la verdad es que pensamos que tu hall-mo-nei es genial. Todo el mundo en el pueblo lo piensa. Y lamento mucho que esté enferma. Me siento muy mal por haber *dicho* que está enferma. A veces mi boca continúa hablando incluso cuando mi cerebro sabe que no debería hacerlo.

No puedo evitar una sonrisa.

—Gracias —le digo. No me había dado cuenta de hasta qué punto esperaba escuchar esto. Del alivio que significa saber que él no cree que Halmoni sea repulsiva o aterradora o lo que sea—. No creo que seas el peor. Y no debería haberte dado de comer lodo —se lo digo en serio, en buena parte. Pero si Halmoni tiene razón sobre el hechizo, puede que no sea algo tan malo para él.

Se encoge de hombros.

—Probablemente el lodo tiene vitaminas. He comido peores cosas.

—Oh.

—Un gusano —dice—. Aunque sólo fue una vez. Y también, en otra ocasión, unas pasas cubiertas de chocolate que definitivamente no eran pasas cubiertas de chocolate. Todavía no estoy seguro de qué eran... Bueno, olvídalo.

Espero un instante a ver si está bromeando, pero lo dice en serio. Reprimo una sonrisa.

—En todo caso, discúlpame. Yo no hago ese tipo de cosas —en seguida me corrijo—. ¿O supongo que sí? Pero no lo sabía hasta ahora.

—De acuerdo —dice—. Pero ya dejemos de disculparnos. Disculparse es muy molesto.

Jalo una de mis trenzas.

—¿Tus amigos ahora me odian?

Ríe.

—Piensan que eres súper genial. Seguían refiriéndose a ti como la *Chica Bruja*. Pero no de mala manera. Probablemente vale la pena conocer a alguien que sea capaz de hacer algo así.

Lo miro de reojo. Está escrutando mi reacción, pero aparta la mirada a toda velocidad. Sus mejillas se ponen muy rojas.

En este momento, no me siento como una chica invisible.

Pero tampoco quiero ser conocida por poner lodo en el pudín de alguien. Me pregunto si hay una manera de ser una persona visible y una buena persona al mismo tiempo.

—¿Ésa será la reputación que tendré en la escuela? —pregunto.

Ladea la cabeza, pensando.

—Bueno, sí. Pero sólo hasta que ocurra la próxima gran novedad.

Luego, después de un momento, agrega:

—Creo que es excelente que estés haciendo algo para ayudar a tu halmoni —todavía lo dice mal, algo así como *jal-monia*, pero lo está intentando y se lo agradezco.

Se mira los pies antes de decir:

—Ojalá yo hubiera hecho algo más por mamá.

Oh. Su mamá que solía hacer esto y lo otro. Antes había pensado que se sentiría mejor si yo ignoraba el asunto. Pero ahora creo que hablar puede ser bueno.

—Lo siento. Ella ¿está...?

—No está muerta. Se marchó. El año pasado. Y no tenemos noticias de ella desde entonces.

Me pregunto si, por alguna razón, eso empeora las cosas. ¿Me sentiría mejor o peor si papá simplemente se hubiera marchado? ¿Si, en lugar de haberse estrellado, hubiera seguido conduciendo y nunca hubiera regresado? Me parece que no está bien pensar en esto, pero no puedo evitarlo. Es extraño pensar en cómo yo podría haber sido una persona diferente si tuviera la vida de Ricky. En una vida diferente, ¿cuánto habría cambiado y cuánto habría seguido siendo igual a como soy?

Ricky continúa:

—Pero creo que, tal vez, si yo hubiera hecho más para que hubiera querido quedarse, lo habría hecho. Era una madre que estaba siempre en casa y me ayu-

daba con las tareas y esas cosas. Excepto que en los
últimos dos años empecé a mejorar en la escuela, así
que no necesitaba ayuda y ya no compartíamos tanto
tiempo juntos, y tal vez pensó que yo estaría bien sin
ella.

—Oh. Lo siento mucho —de repente, su autosabo-
taje en el examen de lenguaje y en la tutoría cobran
sentido.

Se encoge de hombros.

—No tienes que decir que lo sientes. Todo el mundo
dice *lo siento*, pero eso no ayuda, porque no es culpa
de ellos y no pueden solucionarlo.

—Bueno, sé que a veces las personas se sienten
atrapadas en su propia piel, y *tienen* que irse. Es parte
de ellos y supongo que eso uno no lo puede controlar—le digo. Pienso en la madre tigre y la hija tigre.
Pienso en mamá y en Sam. Y pienso en Halmoni. No
confío del todo en mí como para hablar sin que mi
voz tiemble, pero de todos modos sigo—: A veces, no
importa cuánto quieras que la gente se quede, tienes
que dejarlos ir.

Ricky se ve triste, pero me ofrece una sonrisa ge-
nuina.

—Nunca antes había tenido un amigo que lo entendiera.

—Yo tampoco —le digo—. Es algo que ayuda.

Y en el espíritu de *entenderlo*, pregunto:

—¿Alguna vez has sentido como si unas partes de ti estuvieran cambiando, de una manera que en realidad no comprendes?

Cuando veo una contorsión en su cara, me doy cuenta, horrorizada, de que suena como si estuviera hablando de la *pubertad*. Rápidamente aclaro:

—No es como... No importa. Quiero decir, es como que ya no sabes quién se supone que eres en realidad. Y quieres descubrir verdaderamente quién eres, pero no sabes cómo, y tienes miedo de que no te guste la respuesta.

Se aclara la garganta.

—Oh, ésa es una pregunta profunda. No sé. No siento que tenga que resolver eso todavía. Ese tema es para cuando ya tengas, no sé, unos treinta años, y estés pasando por una crisis de la mediana edad.

—Sí —le digo, aunque siento un tris de vergüenza. Debí sonar muy extraña.

Se encoge de hombros.

—Pero, no sé, eso suena como lo que sucede en los cómics. El héroe es sólo una persona normal, hasta que de repente el mundo lo necesita. Y tiene poderes especiales y un traje genial, pero debajo de todo eso todavía sigue tratando de resolver sus cosas. Sigue estando asustado.

Un mechón de cabello se escapa de mi trenza y me lo acomodo detrás de la oreja.

—¿Y luego qué? ¿Qué hacen?

Se encoge de hombros.

—Salvan el mundo de todos modos, aunque no estén preparados. Y se vuelven más fuertes y aprenden quiénes son a medida que avanzan.

Asiento. Es reconfortante que ni siquiera los superhéroes lo tengan todo resuelto. Pero al mismo tiempo, por supuesto, salvan al mundo. Son *súper*.

—Creo que así es como descifras quién eres —dice Ricky—. Haces cosas nuevas y valientes, y descubres quién eres en situaciones en las que no eres *tú*. ¿Te parece que tiene sentido?

—Quizá —digo.

Sonríe.

—Sí, bueno, de todos modos, a nosotros no nos concierne. No tenemos que preocuparnos por el *significado de la vida*. De lo único que debemos preocuparnos es de lo que hay en nuestro pudín.

Río. Después de pasar tanto tiempo preocupándome, es agradable estar cerca de alguien que no tiene miedo. Alguien que cree que pueden ocurrir cosas buenas.

—Espera —digo—. Una pregunta más. Entonces, si la hipotética trampa del tigre no funcionó, ¿qué es lo siguiente que debo hacer?

Sus cejas se elevan.

—Está bien, sé que vetaste todo el asunto de la carne cruda, pero *escúchame con atención...*

—Oh, cielos —digo, luchando por reprimir una risotada.

Continúa:

—Técnicamente, *sí*, la carne cruda va a empezar a oler mal después de unas horas. Y técnicamente, *sí*, puede atraer a criaturas indeseables que no son tigres, como ratas o mapaches. Ambos son puntos válidos. Pero ¿valdría la pena recrear correctamente una hipotética trampa para tigres? Quiero decir, *tal vez*. Probablemente. Sí, sí, eso creo. Desafortunadamente, ya intenté usar los frascos de estrellas como cebo.

—No creo que el cebo sea la respuesta a este problema.

Sus ojos se entrecierran.

—¿Sabes?, estas cosas *hipotéticas* se están volviendo bastante sospechosas. Si hay un tigre de verdad, tienes que decírmelo. Los amigos no dejan que otros amigos *se pierdan la aparición de un tigre*.

—Claro. Sí. No, no es real. Lo siento —sonrío y él suspira decepcionado.

—Bueno, supongo que podrías intentar hacer la trampa en otro lugar. Porque, no te ofendas, pero es bastante improbable que un tigre simplemente… se meta por casualidad en tu sótano. Por ejemplo, mi bisabuelo solía ir en estas grandes expediciones de caza a las junglas de Siberia, porque es ahí donde les gusta estar a los tigres.

Asiento y me quedo pensando.

—Obviamente, no estoy diciendo que debas ir a Siberia —aclara—. Pero si *lo haces*, tienes que llevarme.

Sonrío.

—De acuerdo, lo haré. Lo prometo.

Su sonrisa llena toda la estancia.

—Vamos a tener muchas aventuras, Superchica Tigre.

35

El tigre no está allí.

Estoy de pie en el sótano, en medio de la noche, pero de nuevo, el sitio está completamente vacío.

—¿Dónde *estás*? —digo entre dientes.

No obtengo ninguna respuesta.

Sostengo entre las manos el último frasco de estrellas y no sé qué hacer. Estoy tan cerca de lograrlo, pero no puedo salvar a Halmoni sin el tigre, y el tigre no está por ninguna parte.

No es así como se supone que terminan las historias, justo antes de que el héroe cumpla su hazaña.

No es *justo*.

Le doy vueltas a lo que dijo Ricky, sobre ir a buscar el tigre, pero ¿dónde sería eso? Este tigre sí se metió en mi casa. ¿Adónde más podría ir?

Frustrada, salgo del sótano y estoy pasando de puntillas junto al baño cuando escucho un ruido familiar.

Un sonido como el de un trueno retumbante.

Empujo la puerta del baño para abrirla y veo a Halmoni. Está enferma de nuevo, pero deja correr el agua del inodoro, baja la tapa y se sienta encima.

—Ven a mí —me dice, así que lo hago. Coloco el frasco de estrellas en el suelo y me acomodo junto a ella en el borde de la bañera.

—Escuché sobre el lodo —dice, mientras se pasa un pedazo de papel higiénico por los labios.

Niego con la cabeza, lista para poner punto final a todo este asunto del lodo.

—Ya me disculpé con Ricky. Todo está bien.

Suspira.

—Eres una pequeña mini-yo. No creo que eso ser tan bueno.

—Pero yo *quiero* ser como tú.

Hace bolitas con el papel higiénico en sus manos de papel de arroz.

—Algunas veces Halmoni cometer errores. Mi vida no buen ejemplo a seguir. Tu vida es *mejor*.

—Pero…

—No, no —interrumpe—. Lily, mi vida hace mucho, mucho tiempo es crecer en un pequeño pueblo, muy pobre. No tenemos dinero. No tenemos comida. Mi mamá fue del país cuando yo tan pequeña, y en cuanto puedo, vengo aquí para encontrarla. Pero nunca encontré. Ésa es una historia triste, Pequeña Eggi.

Suavemente, tomo el papel higiénico de sus manos y lo arrojo al cesto.

—Por eso le robaste a los tigres. Por eso escondiste tus historias, porque era triste pensar en ellas.

Mira sus manos vacías, tan delicadas y frágiles. Ha perdido mucho peso. No queda mucho de ella.

—Lily, cuando cuento historia mía, me pongo triste. Tanto de historia familiar nuestra es triste. Y más que eso: tanto de historia de gente de Corea es triste. Hace mucho, mucho tiempo, Japón y Estados Unidos hicieron cosas malas a nuestro país. Pero no quiero darte historias tristes, historias con rabia. No quiero pasar a ti esos malos sentimientos.

Al escucharla hablar, me doy cuenta de que hay tantas cosas del mundo que desconozco. Tanto de mi historia y tanto de *mí*. Pero lo aprenderé.

Y aunque las historias del tigre me afectan, me alegro de haberlas escuchado. Me hicieron sentir que el mundo es enorme y que estoy lleno de él. Como si pudiera oír el sonido de las estrellas y escucharlas.

Entonces, tal vez Halmoni está equivocada al ocultar las cosas tristes. Nunca antes pensé que pudiera estar errada.

—Pero, Halmoni, quizá mantener esas historias en secreto sea lo malo. Porque todas esas cosas sucedieron de todas maneras, incluso si no hablas de ello. Y ocultarlo no borra el pasado, sólo lo refrena.

Me frota el hombro.

—Creo que mejor olvidar.

—No, Halmoni, yo *quiero* escuchar tus historias. Si no me hubieras contado la historia de las estrellas y cómo encontraste las cuevas de los tigres... —hago una pausa mientras se me ocurre una idea—. Espera, ¿cómo encontraste a los tigres? ¿Cómo supiste adónde ir? ¿Dónde les gusta estar a los tigres?

—Fui donde guardar sus historias. En cima de la montaña.

Suelto una bocanada de aire caliente. Siberia. La cima de una montaña. Nada de eso me ayuda.

Me acerco más a ella, con la desesperación agitándose en mi interior.

—El tigre vino a buscarme, Halmoni. Y dijo que si liberaba todas las historias, si abría todos los frascos de estrellas, tú volverías a estar bien.

Su frente se arruga.

—¿Qué estás diciendo? ¿Frascos de estrellas?

—Éste —me incorporo de un salto, alzo el frasco del suelo y se lo extiendo—. Los frascos en los que pusiste las estrellas, cuando se las robaste a los tigres.

Sacude la cabeza y entrecierra los ojos, como cuando algo se le pierde en la memoria y no puede encontrarlo.

—No, pequeña. Creo que ésos los traigo de aquí, del mercado de pugales.

—¿Mercado de pugales? —pestañeo, tratando de descifrar sus palabras. Y luego digo:

—¿Te refieres al mercado de *pulgas*? ¿Los encontraste en un mercado de pulgas? ¿En Sunbeam?

Asiente.

—Sí, sí. Mercado de pulgas. Uno por la costa.

—No —digo, sosteniendo el frasco de estrellas más cerca de su cara, como si así pudiera forzarla a recordar—. Son de Corea. Escondiste historias de estrellas mágicas en su interior. Y escondiste los frascos en las cajas. Por eso estabas tan nerviosa de que alguien moviera las cajas... porque los frascos son mágicos.

—Todo es un poco mágico —dice Halmoni, lentamente—. Pero ésos solamente frascos.

Muevo de un lado a otro la cabeza. Tal vez esté teniendo uno de sus episodios de olvido, porque esto no tiene sentido.

—Estos frascos de estrellas son mágicos. Tienen que *serlo*.

—Lily Bean —murmura. Su mirada es clara. Éste no es como otros episodios anteriores, donde Halmoni se veía toda brumosa, pero no lo entiendo. No entiendo cómo esto es posible.

—Abrí los dos primeros frascos y el tigre me contó las historias —le digo—. Sólo queda uno por abrir, y una vez que llegue al final, te vas a curar. Yo puedo salvarte.

—*Aii-yah* —toma mi mano entre las suyas, frotando mi línea de la vida, como siempre hace—. Lily Bean, no necesitar que me salven. Ya no tengo miedo.

—Pero esto funcionará. El tigre dijo…

—Los tigres hablar de maneras engañosas. No siempre significado de palabras es lo que nosotros queremos.

Sacudo la cabeza porque no quiero que me hable con acertijos confusos, como los de un tigre. Quiero que ella *escuche*.

—No lo entiendes. Ésta es tu última oportunidad. Tengo que hacerlo. Tienes que mejorar.

Sus ojos están tan oscuros, tan ensombrecidos.

—No, tú detenerte. Escucha. *Éste* es final, Lily. Llegó mi hora.

—¡Pero no puedes simplemente rendirte! —aparto con brusquedad mi mano de las suyas. No puede fingir que me consuela cuando en realidad está diciendo cosas horribles.

Halmoni mira el suelo.

—Cuando más joven y extrañando a mi mamá, pensaba que era un monstruo por dejarme. Solía estar tan enojada. Pero ahora lo entiendo. A veces tienes que dejar a tus pequeños, aunque no quieras. A veces, sabes que ése es el momento.

—¡Pero éste no es el momento! —mi voz se quiebra, pero de todas manera grito—. ¡Tienes que seguir luchando! Se supone que debes ser fuerte.

Halmoni hace un gesto de dolor, como si nuestra conversación le doliera físicamente.

—Ya es demasiado la lucha. Basta de eso.

Aprieto mis ojos con tanta fuerza que veo estrellas, estrellas que explotan detrás de mis párpados.

—Pero he estado esforzándome mucho. Estoy tan cerca de lograrlo. Todo esto tiene que tener un sentido. Tiene que haber un final feliz...

—Vete a cama, pequeña —me dice suavemente—. No más.

36

Subo a la habitación del ático, sosteniendo el pequeño frasco azul en las manos. El frasco se siente pesado. Yo me siento pesada.

Fui valiente. Fui fuerte.

Y ahora, ¿todo aquello para nada? El tigre desapareció y Halmoni se acaba.

¿Cómo puedo luchar con todas mis ganas si ella ya se ha rendido?

—¿Dónde estás? —susurro cuando llego a lo alto de las escaleras.

Sam se escabulló de nuevo esta noche. La habitación se siente silenciosa sin sus ronquidos. La casa se siente grande sin el tigre.

Cuando no obtengo respuesta, saco los dos frascos de estrellas vacíos de debajo de mi cama y reúno los tres en mis brazos. El corazón late con fuerza dentro de mi pecho. Y las paredes a mi alrededor también parecen latir con fuerza, un zumbido apagado y furioso, como si toda la casa estuviera enojada con Halmoni.

—Te traje esto —le grito a un tigre que no está allí—. Dijiste que ayudarías.

Silencio, quietud, excepto por el zumbido, y yo estoy tan *enojada*.

Con más fuerza, grito:

—¿Cómo pudiste desaparecer? ¿Cómo pudiste dejarme sola?

Los fuertes golpes a mi alrededor se hacen más fuertes, ahora vienen de la ventana, y me doy la vuelta esperando ver al tigre, pero es Sam. Su cabeza asoma por la ventana y con esfuerzo se trepa al interior, con el rostro enrojecido y jadeante.

Me doy cuenta de que el zumbido lo producía ella al trepar por la soga.

Se quita la mochila de los hombros y la arroja al suelo. La cremallera no está cerrada del todo y una bolsa de plástico se desliza fuera. Parece que está llena de arroz, pero a la luz de la luna no puedo decirlo con exactitud.

Sam recupera el aliento.

—Te lo dije. Sólo me hacía falta salir. No te estaba *dejando sola*.

—No estaba hablando contigo —le digo.

Entrecierra los ojos y luego inclina la cabeza, mirando los frascos que tengo entre los brazos.

—¿De dónde sacaste esos floreros?

—No son *floreros*. Son...

Levanta una ceja y me mira como si fuera la chica más extraña de todos los tiempos.

—No importa —honestamente, ¿cómo se atreve a entrar justo ahora? ¿Cómo se atreve a encogerse de hombros y mirar estos frascos como si fueran cualquier cosa? ¿Cómo se atreve a actuar tan despreocupadamente cuando a mí me importa tanto?

En realidad, no me propongo hacer esto. Lo hago sin reflexionar. Sin embargo.

Tomo el frasco verde y lo arrojo, y explota contra la pared.

Sam grita.

—¿Qué estás *haciendo*?

¿Y saben una cosa? Me siento bien al romperlo.

Sencillamente, es *demasiado*: toda esa esperanza, todo el miedo, la fuerza y el poder. Todas esas historias y las consecuencias y la incertidumbre. Es demasiado para mantenerlo reprimido en mi interior.

Levanto el frasco alto y delgado, y lo lanzo contra la pared, mirando con alivio cómo éste también se rompe en pedazos.

—Detente —grita Sam—. DETENTE.

—Estaba tratando de ayudarla —grita alguien, demasiado alto, y me doy cuenta de que soy yo, pero no suena como si fuera yo.

Es como si estuviera poseída. O bajo una maldición. O algo así.

Soy trueno y soy relámpago. Estoy fuera de control.

El único frasco que queda es el azul pequeño: el último. El frasco que todavía está lleno con la historia final.

Es mi última oportunidad. Es la última oportunidad de Halmoni.

Tengo que llevárselo al tigre antes de que sea demasiado tarde. Excepto quizá... la cuestión es... ¿y si... ya es demasiado tarde?

¿Y qué tal si desde el principio nada de esto tenía ningún significado? ¿Qué tal que las cosas imposibles —tigres que hablan, atrapar estrellas, salvar a tu halmoni— son realmente imposibles?

Tal vez todo esto fue sólo un sueño producto de la artemisa o una reacción de estrés mental. Quizá los frascos sean sólo frascos. Tal vez yo anhelaba tanto que las cosas estuvieran bien que lo inventé todo.

Lanzo el último frasco de estrellas.

Se hace añicos.

37

Cuando estaba en quinto grado, en la clase de astronomía, aprendimos sobre estrellas, galaxias y agujeros negros. Pero lo que más me gustaba era la supernova: una estrella en explosión, más grande de lo que jamás podríamos imaginar. Una fuerza infinita y poderosa, como el sol devorándose a sí mismo por completo.

Aquí, ahora, creo mi propia supernova. Al romperlo contra la pared, el frasco azul se convierte en una supernova. No puedo contenerme. Todo ese miedo, toda esa ira, toda esa esperanza… para nada.

Alguien me agarra del brazo, alzo la mirada y me encuentro a mamá. Sus ojos reflejan miedo, pero luego me abraza, me sostiene contra ella y evita que me haga añicos.

Sam se aprieta contra la pared, con el rostro pálido. Me pregunto qué verá en mí cuando me mira. Ya no verá a una CATYC, pero ¿qué ve? Una chica salvaje, tal vez. Mitad tigre.

Los truenos y los relámpagos se han ido, y sólo queda la lluvia. Respiro con dificultad.

—Yo quería ayudar. Quería creer.

Mamá me aprieta con fuerza y trato de apartarla de un empujón. Me abraza más apretado y yo la empujo más fuerte... y luego dejo de empujar. La dejo abrazarme.

—Todo está bien —me dice.

Se escuchan pasos por las escaleras y Halmoni aparece en la puerta. Se ve pálida, tan marchita como una artemisa seca, y tiembla, inestable sobre sus pies.

—Chicas —susurra.

Y colapsa.

38

—Sam —ruge mamá—. Teléfono.

Sam busca a tientas en su bolsillo, las manos le tiemblan mientras le pasa el teléfono a mamá. En seguida, se arrodilla junto a Halmoni.

Me quedo de pie, mirando fijamente el montoncito que forma Halmoni en el suelo, mirando a Sam, que revisa su pulso.

Es difícil respirar. Ahora lo sé: el momento en que todo realmente se va a pique no es durante la gran explosión. Sucede en la quietud que viene justo después. Y la sensación no es la de hacerse añicos. No precisamente.

Es más una sensación de desmoronamiento. Como si todavía estuviera intentando que el corazón no se rompa en pedazos, pero cuanto más aprieto, más rápido se rompe.

Desmoronamiento, desmoronamiento, hasta que no quede nada más que trozos diminutos, retazos de sentimiento que no puedo volver a juntar.

Cruzo los brazos con fuerza alrededor de mi pecho mientras mamá llama a la línea de emergencia. Recita la dirección de Halmoni y dice: *Sí, sí, sí, por favor. Por favor*. Suena como si se estuviera quedando sin aliento, y en cuanto cuelga, cae al suelo, tira a un lado el celular de Sam y arroja los brazos sobre Halmoni, murmurando algo que no alcanzo a oír.

Me acerco un poco más, tratando de captar sus palabras, pero tengo miedo de acercarme demasiado. Sam alza los ojos para mirarme y las palabras de mamá se hacen difusas: *lo siento, lo siento, lo siento*.

Es mi culpa. No debería haber estresado tanto a Halmoni. A ella le está permitido tener momentos de debilidad, de querer rendirse, pero yo debería haber sido fuerte.

Cuando llegan los paramédicos, suben a Halmoni en una camilla y la sacan del ático, salen de la casa y bajan las escaleras interminables. Sam y yo seguimos a mamá hasta la sala, pero ella nos detiene.

—Espera aquí —le dice a Sam—. Cuida a tu hermana.

Luego sale corriendo, detrás de Halmoni, y un instante después ya se han ido todos, transportados entre luces intermitentes y sirenas.

Sam y yo quedamos rodeadas de silencio.

Nos quedamos con los brazos cruzados alrededor del cuerpo, mirando por la ventana hacia la calle vacía.

—Nuestra familia está rota —dice.

Yo la rompí. Pero no lo digo.

En lugar de ello pregunto:

—¿Halmoni va a estar bien?

La lluvia golpea contra las ventanas.

Cuando Sam finalmente habla, hay un atisbo de lágrimas en sus ojos, que brillan como estrellas.

—¿Y si esto es culpa mía? —dice.

—¿Qué quieres decir? —pregunto. Ella no fue la que rompió los frascos.

—Dije que deseaba que muriera pronto. No toqué madera —su pecho se estremece—. Pero no lo decía en serio. Traté de deshacer el deseo. He estado esparciendo arroz por las noches porque Halmoni dijo que podría protegernos, pero no funcionó.

Mi corazón se arruga. El arroz en la mochila de Sam, derramado por el suelo… ahora tiene sentido. Eso era lo que hacía por las noches. Sam todavía creía, incluso cuando trataba de no hacerlo.

No me di cuenta de que ella también tenía esperanzas.

—No fuiste tú —le susurro—. No fue tu culpa.

Se frota la cara con las manos.

—Deberíamos ir, ¿verdad? ¿Seguirlas al hospital?

Pero seguirlas parece como admitir: éste es el final.

—Mamá nos dijo que nos quedáramos aquí —digo.

Sam me ignora.

300

—Llamaré a Jensen. Ella nos llevará en su auto.

—¿Jensen? —pregunto, completamente confundida. Jensen es muy amable y lo que sea, pero apenas si nos conoce, y ya es medianoche.

Sam llama, pero se activa el correo de voz y cuelga.

—Probablemente todavía esté conduciendo. Nunca revisa su teléfono mientras conduce.

—¿Por qué estaría conduciendo Jensen? Quizás esté *durmiendo*.

—Me estaba ayudando a esparcir el arroz —dice Sam—. Me ha estado ayudando estas noches.

—Ah —de modo que todo esto estaba pasando y yo no tenía ni idea.

Sam mira por la ventana, contemplando la lluvia.

—Lily, ¿te parece que conduzca yo?

—No tienes que hacerlo si estás asustada —le digo—. Pero si estás lista... sí, creo que deberíamos ir con ella.

Sé que Sam está tan asustada como yo. Pero sé que de todos modos será valiente, porque es mi hermana.

Sam pasa saliva.

—¿Estás lista?

Asiento.

Sam agarra del mostrador de la cocina las llaves del auto de mamá. Abro la puerta de la entrada y la tormenta nos da la bienvenida con un aullido.

Luego bajamos corriendo las escaleras. Bajamos y bajamos, juntas.

39

La lluvia es incesante. A duras penas podemos ver el sendero.

Sam conduce lentamente, inclinándose hacia delante, agarrando el volante, aguzando la vista.

Avanzamos poco a poco… hasta que Sam comienza a temblar. Detiene el auto a un lado de la calle y se estaciona.

No hemos llegado muy lejos. Acabábamos de salir del sendero de entrada de Halmoni, justo frente a la biblioteca.

—¿Qué pasó? —pregunto.

Todavía está temblando.

—Sé que mamá se enoja conmigo porque nunca conduzco, pero cada vez que subo al auto, pienso en papá.

Tenemos que llegar al hospital y rápido. Pero Sam no va a conducir y yo no la voy a obligar a hacerlo.

En voz tan baja que apenas puedo oírla, Sam dice:

—No puedo volver a pasar por esto. La gente siempre dice que las personas que se han ido siguen viviendo en tu memoria, pero no podemos recordarlo todo, y si no podemos mantener vivo el recuerdo, entonces se acabó. La persona que amabas se fue.

¿Qué queda de alguien cuando los recuerdos se desvanecen? ¿Sigues llevando a una abuela o a un padre en tu corazón incluso después de que olvidas las historias, incluso si nunca las conociste?

—Yo no recuerdo a papá —le digo.

—Pero eso no es culpa tuya. Yo soy la que falló, porque tenía la edad suficiente para recordarlo —aspira aire entrecortadamente—. Cuando murió papá, hice una lista que recitaba todas las noches. Las pequeñas cosas que recordaba sobre él, ¿me entiendes?

Después de una breve pausa continúa:

—Por ejemplo: hacía crujir sus nudillos constantemente. Le lloraban los ojos cada vez que comía *kimchi*, pero aun así, insistía en comerlo. Nos leía sus libros para niños favoritos todas las noches antes de irnos a la cama, incluso cuando yo ya era demasiado mayor para esa clase de libros.

La miro. Nunca antes me había dicho esto. Y siento un destello de reconocimiento en mi corazón... como si un tigre estuviera levantando su cabeza dentro de mí. Recuerdo que papá nos leía: *Si le das una galleta a un ratón, Donde están las cosas salvajes, Buenas noches, Luna.*

Siento el eco de la voz de papá, líneas de libros infantiles, escondidas en mi cerebro. Papá está ahí, casi.

—Tenía tanto miedo de olvidar algo —dice Sam, con la voz a punto de quebrarse—. Pero por supuesto, he olvidado. Sé que lo he hecho.

—¿Por qué no me lo dijiste? ¿Por qué no compartiste la lista conmigo? —le pregunto. Quizá podría haberlo conocido a través de Sam. Podría haberle ayudado a recordarlo.

Y en ese momento Sam, mi intrépida hermana, mi hermana de dientes afilados y palabras aún más afiladas, comienza a llorar. Primero suavemente, una llovizna, luego una tormenta.

—No quería compartir. Como si al contarte todas esas historias de papá, éstas pudieran desaparecer. Dejarían de ser mías.

—Las historias no le pertenecen a nadie —le digo—. Existen para ser contadas.

Tal vez dé miedo contar historias y compartir sus verdades, pero prefiero encararlas que huir.

Respiro hondo. Es mi turno de decir algo estremecedor.

—Vi un tigre, me habló y me dijo que podía curar a Halmoni. Realmente creí que la magia era real, pero ahora me temo que no lo era. Tal vez lo estaba deseando demasiado y todo fue solamente una reacción de estrés mental, como dijiste tú. Pensé que podía convertirme en una heroína, que no tenía que volver a ser una CATYC nunca más.

Sam se limpia las manchas negras que le han quedado en la cara.

—En cuanto al asunto de las CATYC... eso fue algo estúpido. No debería haberte rotulado con esa clase de estereotipos. Y no debería haber dicho que el tigre no era real. Tal vez yo estaba errada. Tal vez, de alguna manera, *es* real. Quiero creer eso. Y tal vez *tengamos* que creerlo.

Sus ojos brillan por las lágrimas.

—Eso es lo que siempre he admirado de ti —continúa—. No renuncias a la magia. Y yo me equivoqué al decirte que la olvidaras.

Clavo la mirada en el parabrisas. ¿Qué significa tener esperanza, ahora que estamos al final? ¿Ahora que Sam no puede conducir bajo la lluvia y estamos atascadas y Halmoni se está muriendo y no podemos llegar donde ella está?

—Lily —dice Sam—, ¿recuerdas cuando me preguntaste sobre la historia del tigre? ¿Cuándo preguntaste si yo saldría huyendo?

Cierro los ojos y asiento.

—Quiero que sepas que todas las veces que no podamos huir, que todas las veces que tengas que enfrentar lo que sea, yo estaré allí. Yo estaré a tu lado.

Experimento esa sensación de plenitud. Somos el sol y la luna, dispuestas a ser valientes. Y a veces creer es lo más valiente de todo.

Pero nada de eso importa. Sam no puede conducir bajo la lluvia, así que estamos atascadas aquí. Halmoni se está muriendo y no podemos llegar adonde ella está.

Sí, estamos atascadas, pero de pronto algo se abre paso en mi memoria.

Tengo una idea.

40

Ricky habló de ir a un lugar que les guste a los tigres. Halmoni dijo que ella iba donde los tigres guardan sus historias.

Y cuando yo estaba haciendo el pudín de barro, el tigre dijo que su lugar favorito era la biblioteca.

La *biblioteca* es un hogar para las historias.

—Espera aquí —le digo a Sam. Salgo volando del coche y corro hacia la biblioteca.

La puerta está cerrada. Porque estamos en mitad de la noche, desde luego. Pero no dejaré que eso me detenga. No en este momento.

Intento con una de las ventanas, pero no abre. Y me siento impotente hasta que recuerdo a mamá afuera de la casa de Halmoni.

Es una posibilidad remota, lo sé, pero golpeo el costado del panel, paso las manos a lo largo del alféizar y golpeo con el puño justo debajo del vidrio.

Contengo la respiración y pienso: *Por favor*. Luego empujo.

Como un milagro, la ventana se abre.

Sam grita mi nombre, me doy la vuelta y la encuentro a mis espaldas.

—Te dije que esperaras en el auto.

Me mira con los ojos como platos.

—¿Estás bromeando? ¿Te estás colando de noche en la biblioteca y se supone que debo esperar en el auto?

—Por favor, yo sólo... necesito hacer esto por mi cuenta. No me tomará mucho tiempo.

Niega con la cabeza lentamente.

—Si me quedo sentada en el auto mientras te cuelas dentro de un edificio, básicamente soy la peor hermana mayor de todos los tiempos.

Me inclino hacia delante y la aprieto en un abrazo, y ella queda tan sorprendida que deja de hablar.

—Eres la mejor hermana. Pero necesito que esperes en el auto y estés lista para partir. Confía en mí.

Se pasa la mano por el cabello.

—Ay, Dios mío. Bueno. De acuerdo, acepto. Seré la conductora cómplice de tu escape, aunque te das cuenta de sobra que no puedo conducir bajo la lluvia.

—Gracias —le digo, y luego me levanto, me introduzco por la ventana, y me dejo caer en el interior de la biblioteca.

—Por favor, espera aquí —susurro una vez que estoy dentro.

Está oscuro, pero soy la Pequeña Eggi. Soy el sol, y la oscuridad ya no me asusta.

Me muevo entre las hileras de libros.

—¿Hola?

Siento que el pecho se me cierra porque pensé que el tigre estaría aquí. Estaba tan *segura*. Sin embargo, la biblioteca está en silencio.

—¡Hola! —llamo de nuevo. El silencio es tan abrumador que no puedo soportarlo. Quito de un manotazo todos los libros del estante más cercano; se estrellan contra el suelo—. ¡Por favor, aparece! ¡Necesito tu ayuda!

—De acuerdo, está bien —es su voz y me doy la vuelta para ver a mi tigre recostada en un rincón, con la cabeza apoyada en las patas.

—Estás aquí —suspiro con alivio. Me siento ridícula, como si estuviese a punto de llorar. Es una bestia terrorífica, pero me da tanto gusto que esté aquí. Todavía hay esperanza.

—Me debes una disculpa —dice—. No soy un monstruo. No puedes desear que desaparezca como si fuera una pesadilla.

—Lo siento —digo—. No sé si eres buena o mala, y no sé si estoy haciendo lo correcto.

Estoy procediendo a partir de una corazonada, una idea que apenas se abre paso, un destello, una esperanza. Pero decido ser valiente.

—Noté algo cuando te vi esa noche después de lo que sucedió en el supermercado. Realmente no lo pensé antes, pero... parecía que la lluvia no caía sobre ti. Y pensé en ese momento que estabas allí para lastimar a Halmoni, pero ahora me parece que... tal vez estabas allí para guiarnos a casa.

Cuando no responde, trago saliva y agrego:

—Y realmente espero tener razón. En verdad espero que tengas esa magia. Porque necesito tu ayuda.

Se pone de pie lentamente y me parece escuchar que sus huesos crujen, pero podría ser el sonido de los árboles afuera, meciéndose por la tormenta.

—Sígueme —dice. Me lleva a través de las filas de libros y salimos de la biblioteca.

* * *

Corro de regreso al auto, cierro de un portazo y me abrocho el cinturón de seguridad.

—Creo que ella quiere que la sigamos —le digo a Sam.

Afuera, el tigre se para frente a nuestro auto y se gira, lentamente, hasta quedar de espaldas a nosotros. Su cola se mueve rápidamente hacia el suelo, casi besando el pavimento.

Luego da un paso adelante, moviéndose en cámara lenta como si tuviera todo el tiempo del mundo, una garra, una pata, una pierna, una por una... Mientras camina, la lluvia amaina detrás. No deja de llover por completo, pero ahora es sólo una llovizna.

En todas partes a nuestro alrededor, la lluvia sigue siendo fuerte, excepto en el camino que despeja el tigre.

No entiendo los patrones climáticos. Quizás esto pueda explicarse por las nubes, el viento o lo que sea. Pero se siente como algo diferente. Se siente como algo mágico.

—¿Ella? ¿Quién? ¿Qué está sucediendo? —Sam respira hondo con los ojos muy abiertos. Puede ser que no vea al tigre, pero ve la llovizna leve en frente suyo, el camino despejado sólo para nosotros—. ¿Es el tigre?

Vacilo un momento, luego asiento.

—No la veo —susurra. Hay incredulidad y miedo en su voz, pero debajo de todo, una pizca de anhelo. Tira de su mechón blanco y lo acomoda detrás de su oreja—. ¿Por qué yo no la veo?

Nunca lo había entendido antes, la razón por la cual Sam estaba tan enojada con todas las tradiciones de Halmoni. Con la magia. Pero ahora creo que es porque deseaba desesperadamente ser parte de ello. Y tal vez tenía miedo de no poder serlo, así que apartó todo aquello a un lado.

Extiendo la mano para desabrochar mi collar, luego me inclino para sujetarlo alrededor de su cuello. Protección extra. Amor extra. Por si acaso.

—Todo va a salir bien —le digo—. A veces, creer es lo más valiente de todo. Ahora conduce.

41

Mi tigre nos lleva al hospital.

—Eso fue... Tú eres... —Sam empieza a decir mientras se estaciona, pero sólo sacude de un lado a otro la cabeza. No hay tiempo.

Salimos corriendo del auto, pasamos al lado del tigre y entramos por las puertas deslizantes automáticas.

Los hospitales son fríos y luminosos. El olor a alcohol industrial me pica en la nariz, como si estuviera intentando desinfectarme las fosas nasales. Aquí todo es limpio, controlado. El exterior es salvaje y lleno de lluvia, de viento y de tigres, pero dentro del hospital, la naturaleza no puede tocarnos.

Sam habla con alguien en la recepción de la sala de emergencias, y una enfermera nos conduce a través del hospital, serpenteando y girando por los blancos pasillos.

Luego nos deja frente a la habitación de Halmoni.

Mamá está en la cama, acostada junto a Halmoni. Está bloqueando nuestra vista de la abuela, pero la escucho susurrar:

—Te daré lo que quieras. Pero no te la lleves. No todavía.

No sé si le está rezando a un dios, a un tigre o a algo intermedio.

Sam toca la puerta abierta, y cuando mamá levanta la mirada, espero encontrar una expresión de enojo. Nos dijo que nos quedáramos en casa y Sam condujo hasta aquí sólo con un permiso de aprendizaje. Infringimos la ley y, peor aún, infringimos la regla de mamá.

Pero está demasiado cansada para regañarnos.

—Chicas, las iba a llamar pronto. Las cosas no se ven muy promisorias.

Quiero preguntarle qué significa eso, pero al mismo tiempo no quiero saber. Y otra cosa, creo que *ya* lo sé.

Nos hace señas a Sam y a mí para que entremos en la habitación, pero yo me quedo en el umbral.

Halmoni se ve muy pequeña en esa cama de hospital, pálida bajo la manta color azul claro. Le han colocado un tubo de oxígeno delgado, pero con su pañuelo de lentejuelas tiene un aspecto glamoroso, incluso en este momento. Incluso cuando se ve enferma.

No.

Enferma no es la palabra adecuada.

Enferma es Halmoni vomitando en el baño. *Enferma* es la nariz rosada de Sam cuando tiene gripe. *Enferma* es mi garganta adolorida e inflamada cuando contraje estreptococos.

Esto no es estar *enferma*. Esto es que *no va a mejorar*. Halmoni tiene el aspecto de estar muriendo.

Y yo no estoy lista.

Doy un paso hacia atrás, pero Halmoni abre los ojos y nos ve.

—Sam —dice. Su voz es diminuta—. Hablaré primero con Sam.

La voz de Sam es un gorjeo.

—¿Conmigo? ¿De verdad?

Halmoni asiente débilmente y Sam se apresura a su lado.

Mamá camina hasta el umbral.

—Ven. Vamos a buscar algo de comer en la máquina expendedora.

La sigo, pero las luces brillantes y el olor del hospital me marean. No quiero estar en el lugar donde Halmoni va a morir.

Mamá camina adelante, asumiendo que yo la estoy siguiendo, pero me vuelvo invisible y camino en el sentido opuesto, lejos de mamá y de Halmoni, por los sinuosos pasillos, hasta que estoy de regreso fuera de las puertas deslizantes, hasta que puedo respirar.

Me detengo bajo el dosel, fuera de la entrada del hospital. Frente a mí, la tigre está sentada bajo la lluvia, como sabía que iba a estar.

Una chica invisible y una tigre invisible. Tal para cual.

—Creo que sé cómo las historias me cambiaron —le digo.

Sus orejas se agitan.

—¿Cómo?

Tomo aire.

—Me hicieron desear todas esas cosas opuestas al mismo tiempo. No sé cómo puedo sentir tantas cosas a la vez. Y no sé cuáles sentimientos y cuáles deseos son correctos.

—¿Qué quieres, Lily?

Mi corazón late a toda prisa. Vuelvo a tener esa sensación de estar muy llena, a punto de explotar. Y luego digo:

—Quiero que Halmoni viva más tiempo, pero también quiero que no sufra más.

Tomo una pausa antes de continuar.

—Y para mí quiero… —mi voz se quiebra y no creo que pueda seguir hablando, pero lo hago—. Quiero volver a esa habitación, estar con Halmoni y mi familia, pero al mismo tiempo quiero huir muy lejos.

Respiro hondo. La lluvia sigue cayendo.

Le digo:

—Odio tener todos estos deseos. Entiendo por qué la chica tigre rogó por tener una cura. Es terrible sentir *tanto*.

Cambia el peso de una pata a la otra y sus rayas resplandecen.

—La chica tigre estaba equivocada, Lily. A final de cuentas, a ella le gusta bastante su lado de tigre. Y ella ahora sabe que se puede ser más de una sola cosa. Si eres fuerte, puedes tener más de una verdad en tu corazón.

Niego con la cabeza.

—Pues bien, no soy fuerte. No estoy lista para el final de la historia de Halmoni. No puedo afrontarlo.

—Lily, te dije que curaría a mi Ae-Cha, pero curar no siempre se refiere a curar enfermedades. A menudo, se trata de comprender. Y cuando encaras tu historia completa, puedes comprender la totalidad de tu corazón.

Me duele la totalidad del corazón.

—Lo eché a perder —le digo—. No sabía si se trataba de algo real o no, estaba enojada y rompí el frasco. La última historia desapareció, y ahora Halmoni ni siquiera tendrá esto.

—No desapareció —dice el tigre—. La liberaste. Y no te la puedo contar, pero sabes más de lo que te das cuenta. Éstas son las historias de nuestra familia, después de todo.

Hago una pausa, dándole vuelta a sus palabras. *Mi Ae-Cha. Nuestra familia.* Mi familia y la suya.

—¿Tú eres... la mamá de Halmoni? ¿Yo soy...? —no digo una *chica tigre*, porque no tengo que hacerlo. Ya lo sé.

No responde a mis preguntas.

—Toma tu historia, entiende de dónde vienes y quién eres... luego encuentra tu propia historia. Crea la historia de quién vas a llegar a ser.

Antes de que pueda responder, las puertas se abren. Sale de prisa una enfermera asiática con uniforme rosado y lápiz labial color naranja.

—¡Ahí estás! —dice—. Tu madre está a punto de tener un ataque de pánico. Ven ahora mismo.

Me vuelvo hacia atrás para mirar a mi tigre, pero se ha ido, como sabía que iba a hacer.

42

La enfermera me lleva de nuevo por los pasillos blancos y tengo que darme prisa para seguirle el paso.

—Lo siento mucho —dice una vez que llegamos a la puerta—. Todavía recuerdo cuando me despedí de mi abuela. Es tan duro. Pero estoy rezando por ti, cariño.

Mamá nos ve y corre hacia nosotras.

—Lily. ¡Me diste un susto! ¡No puedes huir así! Sobre todo en este momento —atrae mi cabeza hacia ella y aspira mi olor—. Ven. Halmoni quiere hablar contigo.

Siento que la cabeza me da vueltas con las palabras del tigre.

Inhalo profundamente y entro a la habitación, camino hacia Halmoni.

Sam se pone de pie. No se molesta en secarse las lágrimas, pero frota levemente mi brazo cuando pasa a mi lado y sale de la habitación. Entonces quedamos solamente Halmoni y yo y las máquinas del hospital, que sueltan pitidos a nuestro lado.

Me rasco las palmas de las manos con las uñas y me siento en la silla gris del hospital junto a la cama de Halmoni. La silla es áspera y su tela me produce picazón en los muslos.

—Lily Bean —la mano de Halmoni se contrae de una manera que parece casi inhumana. Eso no se ve normal. Estoy asustada y triste, y una parte de mí quiere darse la vuelta y salir de allí. Pero tomo su mano. Los otros sentimientos no desaparecen, pero me doy cuenta de que también siento amor, y eso es más fuerte que cualquier otra cosa.

—Veo la verdad —dice Halmoni—. Veo a mi madre. Mi *umma*. Finalmente encontró a mí.

—Halmoni —susurro—, creo que yo también la vi.

Halmoni sonríe.

—Tú siempre ves, Pequeña Eggi. Ése es poder tuyo.

Me duele el pecho, pero aprieto su mano, siguiendo su línea de vida con mi pulgar.

—Toda mi vida, dedico *tanto* tiempo, *tanta* energía, a esconder mi corazón. Tengo miedo de tigres. Pero más, tengo miedo al tigre que hay en mí —dice—. Pensé que tengo que ocultar palabras mías, porque mi inglés no tan bueno. Pensé que tengo que esconder corazón mío, porque siento demasiado. Y pensé que tenía que ocultar historia mía, porque creo que si la cuento, es quien yo soy para siempre —respira muy despacio—. Pero cuando tengo todo encerrado, muy encerrado, me consume. Entonces no veo el amor, que está a todo mi alrededor.

La esperanza ruge dentro de mí, aunque trato de contenerla. Aunque sé lo peligrosa que es.

—Quizá todo pueda salir bien, ahora que te has dado cuenta de eso. Ahora puedes curarte.

—Estoy lista ahora.

Siento que mi garganta se hincha y se obstruye.

—Yo no lo estoy.

Halmoni cierra los ojos.

—A veces, la mayor fortaleza es dejar de huir. Decir: *no tengo miedo a tigres. No tengo miedo a morir.*

Pero yo tengo tanto miedo.

Por una fracción de segundo, detecto el destello de la cara de un tigre debajo de su expresión...

Desaparece en cuanto lo veo, pero sé lo que vi. Es la fiereza en ella, el coraje que tendrá en su próximo capítulo.

Será valiente.

Sam y mamá regresan en ese momento, y Sam se sienta al lado opuesto de la cama y toma la otra mano de Halmoni. Mamá se acerca y me frota la espalda.

Con los ojos aún cerrados y los labios levantados en una mínima sonrisa, Halmoni dice en un susurro feroz:

—Cuéntenme una historia.

Sam me mira y levanta una mano. Hace el gesto de estar agarrando algo, como si estuviera desprendiendo una estrella del cielo, y me extiende la mano.

En los bordes de mi mente, una historia comienza a formarse… proviene de la niebla y de la sombra. Va tomando forma.

Me deslizo hacia Halmoni…

más cerca…

más cerca…

y comienzo.

43

Hace mucho, mucho tiempo, cuando el tigre bebía las estrellas, diez mil soles y diez mil lunas después de que una niña le robara historias a los tigres, dos niñas pequeñas vivían con su halmoni en una casa en una colina. Eran hermanas, una con largas trenzas negras, otra con maquillaje oscuro en los ojos. Alguna vez compartieron todo, pero con el tiempo, se habían distanciado y habían crecido solas.

Un día, la halmoni fue al pueblo a comprar arroz y galletas de nueces para sus niñas, pero se quedó atascada en el tráfico. Llegó tarde a casa, mucho más tarde de lo habitual.

El cielo estaba oscuro esa noche, nubes de lluvia cubrían las estrellas, y cuando la halmoni pasó junto a las ventanas, su sombra cambió, tomando la forma de un tigre.

Podría ser un truco de la oscuridad, pero las niñas no estaban seguras.

Chicas, dijo la halmoni, déjenme entrar.

Las hermanas se asomaron por la ventana, pero esa noche su halmoni se veía diferente. Estaba transformada.

Las hermanas se asustaron. No sabían qué hacer. Así que intentaron cambiarla a lo que era antes. Unya esparció el arroz y Eggi derramó las estrellas. Lo intentaron todo, pero nada funcionaba.

Finalmente, cuando no quedaba nada más que el final de la historia, un dios del cielo las vio y se compadeció.

Verán, siglos antes, un dios del cielo diferente había creado una niña tigre que caminaba por ambos mundos.

Incluso los dioses cometen errores, pero a final de cuentas resultó que el error no había sido en absoluto la chica tigre.

El error fue obligarla a elegir. El error fue crear un mundo donde tenía que esconderse: donde tenía miedo de ser todo a la vez, feroz y amable, suave y fuerte.

Pero ése era un dios antiguo, con antiguos modos de proceder y el dios nuevo reconoció en las niñas a su familia: sus bisnietas.

Así que dejó caer una escalera para la Pequeña Eggi. Y una soga para Unya.

Vengan, *dijo el nuevo dios del cielo.* Hay algo que quiero que vean.

* * *

En la habitación del hospital, siento un sabor salado en los labios y me doy cuenta de que estoy llorando. Levanto la mirada y veo a Sam. Siento la caricia de mamá en mi espalda.

Bajo la yema de mis dedos, el pulso de Halmoni se debilita, se desvanece.

—Continúa —masculla Sam.

Los segundos se van inflando. Tomo un respiro. Hay tantos finales para elegir. Y encuentro el mío.

* * *

Juntas, las dos hermanas treparon y treparon, y cuando llegaron al dios del cielo, que era una tigre del cielo, ella les mostró una galaxia llena de frascos. Algunos frascos habían sido llevados de un lado al otro del mundo y habían estado ocultos durante mucho tiempo. Otros habían viajado a través del mar, hasta un mercado de pulgas en la costa, con la esperanza de encontrar a su familia. Y todos estos frascos liberaron la verdad, los anhelos y el amor.

Ábranlos, *dijo el tigre.*

Las chicas estaban atemorizadas, pero también eran valientes. Creían en la esperanza. Abrieron los frascos y las historias. Algunas daban miedo, otras eran tristes, pero las chicas únicamente se sentían orgullosas, porque ésta era la historia de su familia: generaciones de mujeres que habían luchado para salvar sus corazones. Mujeres que podrían ser todo lo que quisieran y cualquier cosa que quisieran.

Ahora ya pueden contar sus propias historias de estrellas, *les dijo la tigre del cielo, con una voz que parecía chirriar como tela áspera contra los oídos de las niñas.* La luz tiene límite.

Entonces las hermanas comenzaron a hablar. Contaron historias de su halmoni, que siempre usaba lentejuelas y siempre cuidaba a sus nietas. Que arriesgaba todo por la felicidad y hacía cualquier cosa para proteger a su familia. Que creía en cosas invisibles... como los espíritus, la magia y el amor.

Las niñas hablaron de su halmoni, de cómo les había enseñado a ver el mundo y a verse a sí mismas.

Mientras iban hablando, llenaban el cielo de estrellas. Las hermanas iluminaban el mundo.

Y en la luz, encontraron el camino de regreso a casa.

En la luz, vieron que no estaban solas.

44

Cuando termino mi historia, Halmoni sonríe. Sus ojos están cerrados y su pulso palpita, aunque a duras penas.

—Te amo —le digo.

Aprieto una de las manos de Halmoni. Sam aprieta la otra. Mamá acaricia su cabello.

Es el final. Pero no sucede de inmediato, no como en las películas.

Durante el siguiente par de horas, su respiración se vuelve cada vez más suave. Observamos mientras se va yendo.

—Se suponía que las historias la salvarían —digo en una voz apenas audible.

Mamá hace un ruido y cuando la miro, hay lágrimas en sus ojos.

—Sí la salvaron, Lily. Le recordaron que el mundo es grande. Que ella podría ser cualquier cosa. Que ella era todo para nosotras.

Halmoni se ve tan pálida extendida en esa cama. Tan indefensa.

—Tengo miedo —digo.

—Lo sé —dice mamá—, pero no eres la única.

Sam busca el collar para desabrocharlo. Lo coloca en la palma de su mano, la presiona contra la mía y entrelaza nuestros dedos.

Juntas sostenemos nuestro pequeño fragmento de magia, nuestro fragmento de Halmoni.

—Todo está bien —le susurro, inclinándome tan cerca de Halmoni que mis labios rozan su oreja. Cierro los ojos y aspiro una bocanada de aire. Algunas veces, lo más valiente es dejar de huir—. Está bien si te vas. Vamos a estar bien.

No estoy segura de que me haya oído. Pero creo que sí. La habitación parece suspirar de alivio.

Levanto la mirada y el mundo exterior está oscuro, pero a través de la ventana, dos pequeños puntos de luz sueltan un destello a manera de respuesta. Es difícil de ver. Es difícil saberlo con certeza. Podría ser el reflejo de las máquinas en el interior de la habitación, o podrían ser ojos de tigre devolviéndome la mirada.

Miro los puntos, mi corazón se arruga como un puño pequeñito. Y luego desaparecen, cerrándose con un guiño. Algo se abre dentro de mí, un agujero que no estaba allí antes. Un vacío y una pérdida, pero también... *espacio*. Un frasco abierto, una liberación.

Apoyo mi cabeza contra el corazón de Halmoni y siento que estoy en aquella pequeña habitación con mi familia.

Cuando Halmoni finalmente se va, sé que está lista. Siempre ha sido valiente.

45

El sótano está inundado.

La primera noche, después de que regresamos a la casa de Halmoni, mamá abre la puerta del sótano y sacude la cabeza. El agua se desliza por los escalones. Las cajas que Ricky y yo nos esforzamos tanto por apilar se desintegran lentamente. Mamá mira fijamente el agua durante mucho, mucho tiempo antes de llamar a alguien para que venga a arreglar aquello.

La segunda noche, mamá decide dormir en la habitación de Halmoni. Sam está recostada, despierta, mordiéndose las uñas. Y el resto de la casa se queda en silencio. Las tablas del suelo no gimen bajo mis pies. Las puertas no cantan. Sin Halmoni, la casa es sólo una casa. Una casa demasiado silenciosa, demasiado vacía, en la que ninguna de nosotras sabe cómo vivir.

Los días pasan silenciosamente. Las horas se vuelven borrosas.

Ricky me envía un mensaje de texto con un listado completo de sus comidas favoritas, tratando de darme ánimos. Y en la séptima noche, después de que ha pasado la semana oficial, envía un mensaje breve: *pasteles de arroz.*

Cuando leo las palabras, la amenaza de lágrimas arde detrás de mis ojos. Estoy a punto de apagar mi teléfono y esconderme debajo de las mantas.

Pero su texto me recuerda algo. Una fecha importante resuena en mi cabeza. En mi celular reviso el calendario: mañana es la venta de pasteles.

Tengo una idea y, por primera vez en toda la semana, la pesadez en mi pecho se alivia un poco. Le cuento a Ricky mi plan, luego le envío un mensaje de texto a Jensen antes de apartar las mantas.

Bajo corriendo los escalones del ático, sin preocuparme por la invisibilidad. Doy vueltas por toda la cocina, recogiendo ollas y sartenes, y lleno nuestra casa de ruido. La casa comienza a despertar.

Mamá entra en la cocina, con Sam detrás de ella.

—¿Qué estás haciendo? —pregunta Sam estupefacta.

—Pasteles de arroz. Para la venta de pasteles.

Sam está confundida, pero mamá no pone peros. Se acerca y comienza a sacar los ingredientes del estante: un frasco de harina de *mochi*, una caja de azúcar, pasta de frijoles *adzuki*.

—No tenemos que participar en la venta de pasteles —dice Sam.

—No tenemos que hacerlo —le digo, paseando la mirada entre ella y mamá—. Pero... tal vez deberíamos. Toda esa comida. Todas esas personas. Sería como...

La comprensión se instala en el rostro de Sam, y en sus ojos aparece un destello de tristeza.

—Como un *kosa*.

—En la biblioteca —dice mamá. Por un momento, parece demasiado adolorida para hablar, pero lo hace—. La biblioteca fue uno de los proyectos de Halmoni, hace muchos años. La pintó de colores brillantes y colocó pósters cursis. Siempre quiso que fuera un lugar especial.

La miro, preguntándome cómo es posible que durante todo este tiempo no lo hubiera sabido.

Pero no tengo mucho tiempo para procesar la información, porque Sam le pregunta a mamá:

—¿Sabes cómo hacer los pasteles de arroz?

Mamá asiente, pero un indicio de pánico se desliza en su voz.

—Uh, creo. Quizá. Vagamente —y luego añade en un tono más bajo—: Nunca se me ocurrió preguntarle.

Pienso en aquella vez que le pedí a Halmoni su receta... me respondió: *Luego*. Y ahora es demasiado tarde.

Pero mamá parece esperanzada y respiro profundamente.

—Está bien —digo—. Incluso si las cosas no son perfectas, de todos modos pueden ser buenas.

Mamá me da un apretón en el hombro y comenzamos, midiendo la harina y la leche de coco en las proporciones que nos parecen apropiadas. Y cocinar juntas, amasar con nuestras manos la masa de *mochi*... es algo que se siente muy bien.

46

Ricky y Jensen han corrido la voz. Casi todo el pueblo viene a la biblioteca para el kosa de Halmoni. Sus amigos llenan el recinto de comida e historias. La gente se acerca a nosotros, nos dice cuánto lo lamentan, cuánto la querían, gente que ni siquiera conocemos, gente que Halmoni ayudó o curó.

Joe viene a buscarme y lo primero que hago es disculparme. Por supuesto, no está cobrando por la venta de pasteles que ha pasado a ser un *kosa*. Así que todo el plan para salvar la biblioteca se ha echado a perder.

—Sé que se suponía que debíamos recaudar dinero —digo.

Joe lo niega con un gesto.

—Esto no era por dinero. Esto era para la comunidad. Y tal vez más tarde podamos hablar sobre el allanamiento a la biblioteca.

Mis mejillas se calientan.

—¿Cómo te enteraste?

—Intuición —responde—. Y huellas enlodadas de zapatos infantiles por todas partes.

—Uh. Se me había olvidado eso.

Pero su bigote se retuerce y sonríe tenuemente.

—Una tristeza del corazón puede ser algo bien complicado —me entrega una galleta y le doy las gracias.

Al otro lado de la biblioteca, mamá habla con algunos adultos que no reconozco, y Sam va a reunirse con Jensen. Jensen abraza a Sam y le da un beso en lo alto de la cabeza, y Sam se inclina contra el cuello de Jensen. Hay un amor entre las dos que por un momento me confunde.

Y de pronto, todo cobra sentido. El actuar errático de Sam cuando vio a Jensen por primera vez. Su nerviosismo cuando me preguntó por ella más tarde. La manera en que Jensen ayudó a Sam a esparcir el arroz, la manera en que Sam trató de llamarla para pedir ayuda.

Son pareja.

Estoy atónita, aunque ahora parece obvio. Hacen una buena pareja. Jensen es muy amable, Sam es suave con ella y parecen la una para la otra.

Al otro lado de la biblioteca, veo a Ricky con sus amigos. Todos me hacen gestos de saludo y Ricky los abandona por un momento y camina hacia mí con una canasta de mimbre en los brazos. Hoy lleva un bombín negro, un sombrero glamoroso que a Halmoni le hubiera encantado.

—Muffins de chocolate —me explica—. Joe me dio su receta —y luego añade, con una sonrisa maliciosa—: Te lo juro. No tienen lodo.

Sostiene la canasta, el bisnieto de un cazador de tigres ofreciendo productos horneados a la bisnieta de un dios tigre.

La recibo, y la calidez se extiende por las yemas de mis dedos y por todo el cuerpo. Una pequeña parte de mí se anima, sonríe. Y no estoy segura de que la sonrisa llegue hasta mi rostro, pero tal vez es así como comienza la curación: pequeños trozos de felicidad despiertan dentro de ti, hasta que tal vez algún día se extiendan por todo tu ser.

—Aprobé mi examen de lenguaje —dice—. Así que estaremos en el mismo grado en el otoño.

Sonrío, esta vez de verdad.

—Eso es genial, Ricky.

Sonríe y, cuando me despido, lo entiende. Sabe que todavía no estoy lista para una conversación completa.

Salgo por las pesadas puertas delanteras y me siento en los escalones, acunando los muffins en mi regazo.

Pienso en nuestra conversación anterior, en descubrir quién eres de verdad, incluso en situaciones en las que no eres tú. He estado haciendo eso, empujando mis bordes, tratando de encontrar los límites, y me estoy dando cuenta de que soy mucho más de lo que pensaba. Ahora mismo me siento infinita.

Le doy un mordisco a un muffin y en seguida toso y lo escupo en la palma de la mano. *Sal*. Ricky debe haber confundido el azúcar con la sal.

El sabor inesperado me hace reír.

—¿Me puedo sentar? —pregunta alguien.

Al principio pienso que es la voz de la tigre. Sigo esperando escucharla, o vislumbrarla por el rabillo del ojo. Pero también sé, en el fondo de mi ser, que se ha ido.

Cuando me doy la vuelta, veo a Sam, que se sienta a mi lado sin esperar una respuesta. Mete la mano en la canasta y agarra un muffin sin preguntar.

—Yo no lo haría —le digo, pero es demasiado tarde. Sam ya se está ahogando con su mordisco, escupiendo su propio bocado en la palma de la mano. Me mira fijamente, y yo río, y ella ríe...

Y luego nos detenemos, abruptamente, y volcamos los muffins masticados en la canasta.

No parece correcto estar feliz en este instante.

—¿Se hace más fácil? —pregunto—. ¿La tristeza se va?

Sam mira hacia delante.

—La tristeza se desvanece, sí. Eventualmente. Pero la añoranza... No sé si eso alguna vez desaparece.

Presiono el pulgar contra la palma de la mano y cuando cierro los ojos, casi puedo imaginar que es Halmoni, trazando mi línea de vida, diciéndome que todo va a estar bien. El aire de la tarde me calienta la piel. Finalmente se siente que llegó agosto, y lleno mis pulmones con esa tibieza.

Sam se acerca más, hasta que nuestros brazos se tocan. En el cielo, el sol se está ocultando y la luna se asoma por encima de los árboles.

—¿Me contarías otra historia? —pregunta.

Respiro hondo. Los segundos parecen inflarse. Encuentro mi voz.

—Hace mucho, mucho tiempo… —empiezo.

Todavía no sé el final, pero enfrentaré mi historia a medida que ésta vaya cambiando y creciendo. Gracias a Halmoni, puedo ser valiente. Puedo ser cualquier cosa.

Soy una chica que ve cosas invisibles, pero no soy invisible.

Nota de la autora

Cuando era pequeña, mi halmoni me contaba historias.

Mi hermana menor y yo nos acurrucábamos en la cama junto a ella, y mientras nos hablaba de fantasmas y tigres, nuestro mundo se llenaba de magia. En esos momentos, hubiera jurado que escuchaba tigres afuera del dormitorio, con sus afiladas garras arañando contra el piso de madera. Prácticamente podía ver sus sombras escurriéndose por debajo de la puerta.

En aquellas noches, me sentía conectada con una línea de mujeres coreanas que nunca conocí, como si sus historias aún vivieran en mi sangre. Cuando escuchaba a Halmoni, yo no era una parte blanca, una parte asiática, un cuarto coreana, una mezcla de sangres. Sólo era yo plenamente y lo sabía en mis huesos.

Años más tarde, cuando me marché de Hawái para asistir a la universidad, abandoné las historias, no intencionalmente, sólo por accidente, como si se hubieran deslizado debajo de mi cama y ahí se hubieran quedado, acumulando polvo. Antes de que pasara mucho tiempo, me olvidé que ya no estaban.

No fui consciente de cuánto las necesitaba hasta el final de la universidad, cuando alguien me preguntó si era coreana.

Sólo una cuarta parte, respondí. Las palabras se sintieron incorrectas en cuanto salieron de mi boca. La respuesta, sencillamente, siempre ha sido *sí*. Pero en algún momento del camino, había empezado a dividir mi sangre en distintas partes.

Con el deseo de volver a sentirme completa, regresé a las historias, a leer viejas fábulas y leyendas populares y a buscar en internet… pero ahora eran diferentes. Éstas no eran las historias de mi halmoni. De alguna manera, habían cambiado de forma. Tal vez no podría encontrarlas. Tal vez mi halmoni había contado versiones diferentes e inventado algunas de ellas por completo.

Cuando le pedí que recordara sus historias, hizo un gesto con la mano. *Oh, eso fue hace tanto tiempo,* dijo. *No sé qué decir.*

Entonces, sin ningún otro lugar adonde acudir, escribí mi propia historia.

Empecé con mi favorita: dos hermanos huyen de un tigre, y escapan al cielo para convertirse en el sol y la luna. Es una historia popular, con muchas variaciones, pero siempre sentí que la historia ocultaba algo… y quería conocer sus secretos.

El tigre de esa historia es inteligente y decidido. Se disfraza de la abuela de los niños. Los persigue. Intenta engañarlos, y cuando eso no funciona, los persigue por todas partes. Intenta perseguirlos hasta el cielo.

El tigre es incesante en su persecución, y siempre me pregunté: ¿qué quiere? Nada tan vulgar como trozos de carne; intuía que había algo más. ¿Qué podría ser tan importante, tan poderoso, para que el tigre estuviera dispuesto a perseguir a estos niños por todo el mundo?

Escribí una docena de borradores en busca de la respuesta, pero no llegaba fácil. Como si tuviera que demostrar que era digna de confianza antes de que la historia me revelara sus secretos.

Así que me esforcé mucho por lograrlo. Rebusqué en la historia de mi familia y en la historia de Corea.

Leí sobre el colonialismo y la opresión, sobre un lenguaje oculto e historias olvidadas, sobre las llamadas "mujeres de solaz", obligadas a ejercer la prostitución y el silencio impuesto. Pero en esta historia sombría, también encontré fortaleza. Los coreanos, las mujeres coreanas en particular, son feroces y resilientes, y a medida que trabajaba, fui entendiendo mejor a mi halmoni y a mí misma.

Mi investigación reveló extrañas coincidencias. En un borrador inicial, había escrito sobre frascos de estrellas llenos de magia, sin saber realmente por qué. La idea parecía haber surgido de la nada.

Más tarde, descubrí a Chilseong, o las Siete Estrellas, una deidad que cuida a los niños y que a menudo es honrada disponiendo para ella cuencos o jarras.

De manera similar, en mi historia había inventado una pequeña isla coreana donde el mar se parte en dos una vez al año. Mientras estudiaba detenidamente un mapa de Corea, tratando de encontrar un lugar para mi aldea ficticia, me enteré de que ya existe: Jindo, una isla donde una vez al año, debido a una combinación de mareas y tal vez sólo una pizca de magia, el océano realmente se parte en dos.

Trabajaba así, alternando la escritura y la investigación, tratando estas coincidencias como pistas, como si estuviera armando las partes de una historia que ya se había contado hace mucho, mucho tiempo, y lo único que tuviera que hacer fuera tender puentes para llenar los vacíos.

Me adentré en lo más remoto de la historia coreana, hasta llegar al mito del origen de Corea. Y ahí encontré la mayor coincidencia.

Antes de mi investigación, tenía una idea muy vaga del mito del origen, pero por alguna razón, mi halmoni nunca nos había contado esta parte. Dice así:

Hace mucho, mucho tiempo, existió un príncipe celestial que gobernaba la Tierra. Su trabajo era bastante fácil hasta que una osa y una tigre, cansadas de sus vidas salvajes, le pidieron que las convirtiera en humanas.

Él les respondió que si vivían en una cueva durante cien días y sólo comían artemisa y ajo, se convertirían en mujeres. La osa tuvo éxito, y el dios la recompensó con un cuerpo humano. Juntos, crearon al pueblo coreano.

Pero la tigre era impaciente. No iba a lidiar con esas condiciones. Salió corriendo de la cueva y quedó condenada a una vida de acecho en el bosque, como una bestia, sola.

Ya había escuchado sobre la mujer oso, pero hasta ese momento nunca había oído hablar de la *tigre*. Y, sin embargo, en mi borrador, había escrito sobre una chica tigre que le pide a un dios del cielo que la convierta en humana. Las palabras me habían parecido apropiadas cuando las escribí, aunque no las entendía del todo.

Ahora, esto *se sentía* como algo más que una coincidencia.

Sí, tal vez había escuchado la historia antes, y se habían quedado en lo profundo del subconsciente, largamente olvidada. Pero, de cualquier forma, me sentí conectada a algo más grande. Me sentí como lo había hecho tantos años antes, como si estas historias vivieran en mi sangre, incluso las que nunca había escuchado antes.

Profundicé en el mito y encontré un ensayo crítico titulado "Begetting the nation" (Engendrando la nación), de Seungsook Moon. Según Moon, "la transformación de una osa en una mujer conlleva el profundo significado social de la feminidad, arquetipo de la paciencia para soportar el sufrimiento y las pruebas más duras". *

Y con eso, mi historia finalmente encajaba del todo.

Aquí estaba la historia secreta. Porque si la osa representa a las mujeres coreanas, o una versión de la feminidad que significa sufrimiento y resistencia silenciosa, ¿qué significaba entonces la *tigre*?

¿Qué pasaría con la mujer que se negó a sufrir y fue desterrada por ello?

¿Qué pasaría si regresara?

¿Qué querría ella y qué historia contaría?

---

* Seunsook Moon (1948): "Begetting the Nation", in *Dangerous Women: Gender Korean Nationalism*, Elaine H. Kim y Chungmoo Choi, eds., Nueva York, Routledge, p.41.

Agradecimientos

Éste es el libro que sabía que debía escribir, pero no sabía cómo hacerlo. Es el producto de tantos giros errados; de comienzos en falso (y falsos finales y falsos puntos intermedios); de sudor, lágrimas y sangre de tigre. Pero está aquí. Ya está *terminado*. Y estoy muy agradecida con todos los que ayudaron en el camino.

Mamá: gracias por plantar la semilla tiempo atrás con *Cuando el tigre fumaba su pipa*. Por leer cada borrador, pensarlo paso a paso y disuadirme de renunciar (al menos cinco veces). Este libro no existiría sin ti. Eres la mejor editora, la mejor escritora, la mejor *mejor* mamá.

Papá: gracias por enseñarme a trabajar duro y por tratarme con respeto. Por guiarme a través de los impuestos y de Dale Carnegie y por mostrarme que no sólo soy una artista, sino también una profesional. Tu apoyo significa tanto para mí.

Sunhi, mi fiera hermana tigre, con un corazón tan grande: gran parte de esta historia es la historia de nuestra familia. Gran parte del proceso de escritura ha significado aprender quiénes somos y de dónde venimos. Y cuando emprendas tu propio viaje a través de nuestra historia y tu identidad, cuando tomes todo ese amor y lo conviertas en magia de la danza, estaré allí, animándote, mirándote con asombro.

Halmoni: gracias por todas sus historias, podrían llenar infinidad de novelas.

A mi enorme, amorosa e increíble familia extendida: gracias por su apoyo. Me siento muy afortunada.

A los maravillosamente solidarios Paleys y Nadels: qué feliz me siento de ser parte de su familia.

Y a Josh, gracias siempre: gracias por secarme las lágrimas en cada obstáculo y lograr que volviera a reír. Gracias por creer en mí cuando yo no creía en mí. Y por ayudarme a creer que puedo ser especial.

Sarah Davies: muchas gracias por tu apoyo durante todo el proceso. Gracias por ver el potencial en la semilla de una idea.

Y gracias al resto del equipo de Greenhouse y al de Rights People por todo su arduo trabajo.

Chelsea Eberly: gracias por aguantar mis largos correos electrónicos que se podrían resumir en "¡AHH, AYUDA!" y por insistir en que este libro, de hecho, no estaba arruinado. Gracias por animarme a hacer mi mejor trabajo y por ayudarme a desbloquear la historia de mi corazón.

Gracias también al cálido, apasionado y trabajador equipo de Random House Children's Books: Michelle

Nagler, Barbara Bakowski, Katrina Damkoehler, Ken Crossland, Tracy Heydweiller, Jenna Lettice, Kelly Mc Gauley, Adrienne Waintraub, Lisa Nadel, Kristin Schulz, Jillian Vandall, Emily Bamford, Julie Conlon, Sydney Tillman, Stevie Durocher, Emily Petrick, Shaughnessy Miller, Andrea Comerford, Emily Bruce, Cynthia Mapp y otros más.

Gracias a Jedit por la hermosa portada.

Gracias a los estudiantes de Oceanside Middle School, Punahou School y Kaimuki Middle School por ayudarme a elegir mi título.

Muchas gracias a Kay Junglen y su equipo de lectores de la biblioteca Sherrill-Kenwood.

A Romily Bernard por leer y por brindarme su apoyo cuando lo necesitaba desesperadamente.

A Sam Morgan por todo su entusiasmo. La única razón por la que no uso sus títulos es porque son *demasiado* buenos.

Y a los amigos que me dejaron seguir (y seguir) con este libro, que me dieron ánimos y me brindaron sus consejos, su apoyo, momentos de distracción, pañuelos desechables y té: estoy más que agradecida.

Por último, gracias al lector: este libro ha llegado tan lejos y finalmente se ha abierto camino hasta llegar a ustedes. Gracias por darle un hogar. Esta historia es ahora de ustedes.

Esta obra se imprimió y encuadernó
en el mes de septiembre de 2021, en los talleres
de Impregráfica Digital, S.A. de C.V.
Av. Coyoacán 100-D, Col. Del Valle Norte,
C.P. 03103, Benito Juárez, Ciudad de México.